Undead Girl・Murder Farce
アンデッドガール・マーダーファルス
鳥籠使者
1
青崎有吾
Yugo Aosaki
插圖 大暮維人
譯者 曾玲玲

目次

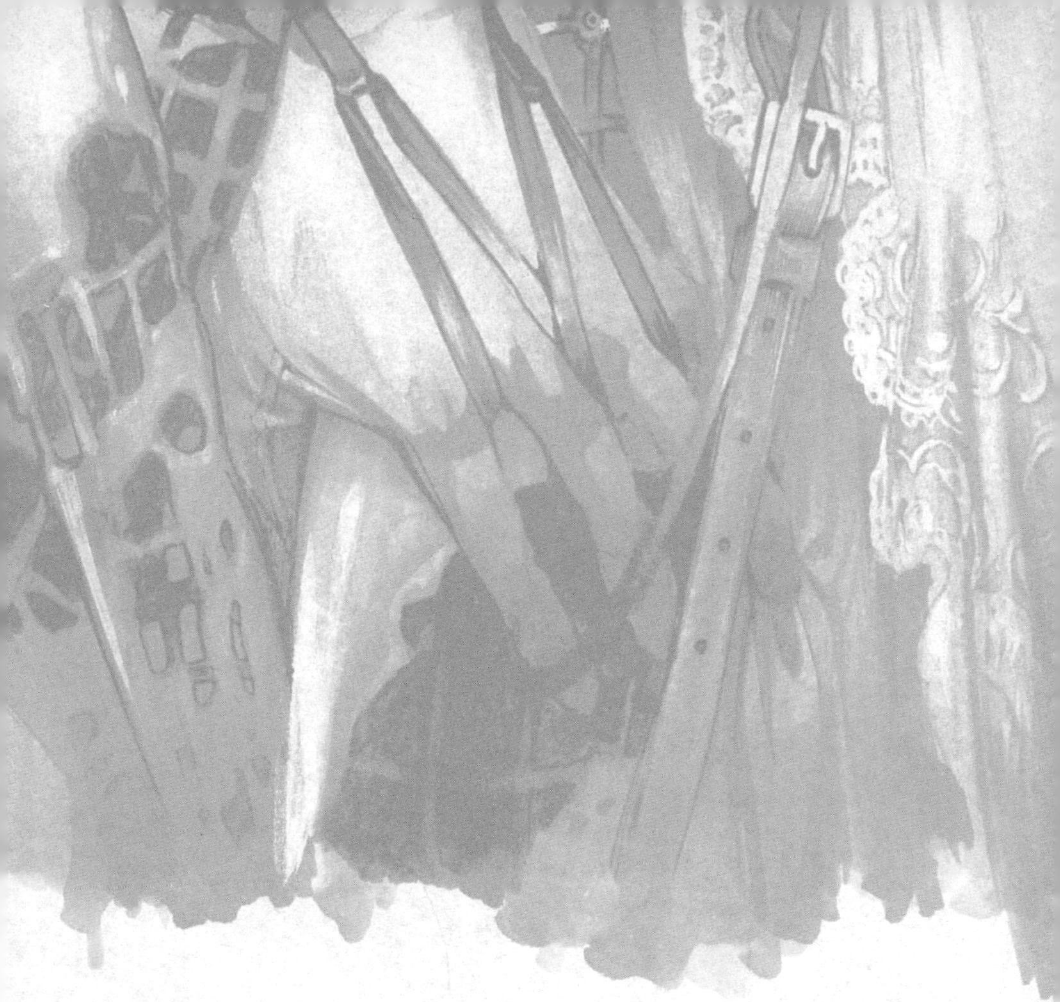

序章

殺鬼者

一百個故事　講述之際　怪物已潛伏等待

（江戶的川柳）

稱為血沫卻黏性過多的紅色塊狀物，受到重擊後從內部四濺。

對方雙腳糾結，頭部不穩地搖搖晃晃。宛如老鼠、獅子和鱷魚混合而成的醜陋臉部痛得昏厥過去。帶獸味的呼吸，起泡的唾液，呻吟聲。因骨頭被壓碎而迸出一半的眼球，像是玩具動來動去。

男人心想「還滿牢固的嘛」。

大概是覆蓋頭部與背部的黑鱗保護效果。實在是莫名其妙的生物。對準腹部攻擊比較好吧，就這麼辦。

視野的角落有三道光拉出尾巴。鉤爪。男人輕巧後退，別說是窮鼠嚙貓，連個邊也沒沾著。

——砰。

巨大身軀飄浮在空中，幾秒過後腳邊因重量而變形。

淡紫色的內臟盛開，替染血的地板添彩。一面發出刺耳的垂死嘶喊，長出爪子的手一面痛苦掙扎。那莫名其妙的生物仰躺著陣陣痙攣，不久後便完全動也不動。

仔細看著這一切後，男人緩緩舉起右手。

舞臺兩側一聲鑼響，鐵絲網另一邊的觀眾席傳來沸騰的粗俗歡呼。

「來來來，各位覺得如何？剛才各位觀賞的是我們劇團的一大賣點。由連哭泣的小孩也會安靜下來的『殺鬼者』，所呈現的令人捏一把汗的拳擊表演。讓人情緒激昂，無需武器的恐怖實力！來來來，請給予熱烈的掌聲……」

無視講解師在說話，男人往舞臺左側離開。

最先抓住的是裝了冰水的木桶。拿起來從頭澆下，冰冷的水滴沖去牢牢地黏附於臉頰和上衣的血，感受到於喉嚨一帶波動著的興奮逐漸褪去。總而言之，今天也平安落幕了。

「辛苦了。」

靠在牆上抽著菸斗的團長，朝男人遞出手巾。

「雖然是挺漂亮的，不過再多讓對手有表現一點的話應該更受觀眾歡迎吧。先苦戰啦到處逃竄啦，然後爭取一點時間……」

「因為我是江戶人，所以毛毛躁躁的。」

男人邊擦帶青色的頭髮邊回答。

「說到對手，今天的那個是什麼呀？」

「那是精螻蛄。不是長了三根很大的爪子嗎？好像是在秩父的『掃蕩離奇』的淘汰區發現的，我用特別便宜的價錢買進。」

「老闆眼光也不錯嘛，每次都準備得挺好的。」

「那是因為呀，我有好幾條門路……先不管藝人的品質，論飼養的怪物數量，我們劇團可是東京第一名。」

「不好意思我品質差。」

「你在說什麼，你應該不是藝人吧。」

微胖的團長將菸斗拿離嘴巴，露出骯髒的紅色牙齒。

「你是怪物那邊的。」

男人沒回應，悠哉地揮了揮手消失在後臺。一旁，持續撞擊懸掛式油燈的羽蟲，氣力用盡墜落到地面上。

一邊走下通往休息室的階梯，一邊開心地哼歌。歌曲是即興的，因而敷衍又非常荒唐。每前進一步就緊接著高高低低的段落，腳踩著的木板發出擠壓聲令人不快的干擾。

噗呼噗呼呼嗯，嘰咿。呼、呼噗呼噗，嘰嘰咿。男人很中意不論踩任何地方都會發出糾纏不休的聲響的這座老舊階梯。和這城郊的雜耍場很是搭調。

呼、呼呼呼呼嗯，嘰咿。呼嗯呼呼呼呼嗯，嘰嘰咿。從左開始依序解開拳頭上沾染紅色的髒布條。拿掉這最後一項，男人的身體內外就再沒能訴說方才的拳擊有多悽慘的物品。將布條揉成一團塞入口袋時，他的注意力已完全轉移到上臺前曾大口喝過的瓶裝麥酒。應當還剩一半。雖然應該不夠到讓人能醉得忘記所有一切，不過至少能一解今夜的愁悶。這話不知是出自誰。

伴隨格外隆重的擠壓聲走完階梯。穿過寂靜無聲的狹窄通道，進入只以木板隔間的自己的房間。窗戶照入顏色和男人頭髮十分相似的月光。傾斜的衣櫃，堆積的成綑舊雜誌。男人說了句「哦，找到了找到了」，四散於桌上裝有麥酒的可愛小瓶子。接著——

「真是精彩的演出呢，『殺鬼者』。」

男人後方，出現了一個陌生女人的身影。

男人反射般地擺好架式。

對方並不是這雜耍場的相關人員。劇團雖聚集了見過一次就無法忘記的成員，但可沒見過這等美女的印象。

女人身穿袖子以帶子固定住的和服，配上西歐風格的圍裙，一副女僕模樣的打扮，露出和這充滿塵埃與黑煙的城鎮完全不搭調的——或者該說，宛如是在比此處更加嚴酷之地徹底失去多餘的感情——樸素而冰冷的眼神。梳整的黑色長髮非常美麗。右手拿著以布裹著似乎是晾衣竿的物品，左手很寶貝地抱著一個蔓草花紋布包成的包袱。看上去彷彿是從哪裡的貴族豪宅連夜逃來這裡。

「請問您是哪位？」

「我是喜愛你的人。」

女人回答。聲音遠比外表和口吻來得年幼。

「我不論如何都想直接和你交談。雖然冒失沒禮貌，我還是在這裡等你。」

「等待與明星見面嗎？」

「要說是的話也算是。」

「歌舞伎或曲藝場也就罷了，我可沒聽說過有人會在雜耍場這麼做。」

「既然如此那你就是第一個得到這種待遇的。真是太好了呢，『殺鬼者』。」

女人用藝名稱呼男人。知道這名字，表示她應當是觀眾中的一人。說不定也混在今晚的觀眾席內。可是，究竟是從哪裡進到後臺的？後門應該有團長為了防止遭到搜索而新雇用的落魄相撲力士們當保鑣鎮守。

「您看過我的表演了？」

「是呀。今天第一次看。我的天呀，老實說超出我的預期。那個怪物你也能輕輕鬆鬆殺死，我真的很吃驚。這種才藝在其他地方應該沒得看吧，相信傳聞來到偏遠的東京一趟的確有價值。」

男人終於察覺到了，開心說話的女人嘴脣一點動作都沒有。若無其事環顧房間，但沒跡象顯示有其他人躲藏。

「看來您也是具備特殊才能的人，不過要是想加入我們的劇團，請您去找團長。」

「你說什麼？」

「意思就是，想來工作的話請去找團長……」

「哈哈。」

女人突然笑了起來。不對，正確來說是發出像是笑聲的聲音。只有「哈哈、哈哈哈」的聲音笑著，她的臉部毫無任何變化。甚至連眨都沒眨一下，宛如玻璃珠的空虛眼睛直盯著起了疑心的男人。

「哈哈哈……呼。哎呀，對不起。不過我覺得你說話真有趣。確實我要是登臺表演，無疑會成為這裡最受歡迎的藝人。我眼前好像能浮現出混亂哭喊的觀眾席。」

「您要是最受歡迎我可傷腦筋了。」

「為什麼？」

「現在最受歡迎的是我，要是被人取代，我就沒立足之地了。」

「哈哈，那真不好意思。你愈來愈有趣了呀。」

「謝謝誇獎。」

儘管應和對方，卻覺得她不會如她所說那般受歡迎。不動口便能說話確實是適合表演，令人噁心的才藝，但有那麼一點不起眼——跟在大眾面前打死怪物相比的話。

男人拿起酒瓶，大口喝麥酒。

「要喝嗎？」

「不必了。我想喝也沒辦法喝。」

「是正在戒酒嗎？真了不起，可以延年益壽喔。」

「你真的很有趣呢。」

「我實在不懂您的笑點何在。」

「『延年益壽』戳中我的笑點了……不過，你是相反的吧？『殺鬼者』。」

女人冷不防這麼說的同時，男人正吞下最後一口酒。

「你的壽命感覺起來不太長。」

「那是因為……每天都幹那樣的事，哪天可能就被怪物殺來吃了。沒差，那也是一種所謂的才藝之路。」

「等等，等一下，你是想讓我笑成怎樣？就算你持續打贏也是快死了。而且那不是表演——至少，不是以假亂真或贗品。」

男人沉默地放下酒瓶。

彷彿是遭人從底下窺視臉部，有種實在是不舒服的感覺。

「因為我看多了自然有眼光，這種的我一看就知道了。你會不會有點混太多粗暴進去了？而且濃度還滿高的。光是那樣粗糙的收尾，你要保持理智也很辛苦吧。如果是在劇場每天這樣使用能力就更不用說了……你，再過不久就會被吞沒而亡。」

「……」

「你不想死吧？」

「您的真實身分到底為何？」

「我不是說過嗎？我是喜愛你的人。」

女人的聲音不再帶有先前那樣的諷刺。男人從正面看著女人，女人也回看男人。這時，她原本文風不動的黑色眼眸微微地搖曳。

窗外，傳來風聲。

「我是帶交易來給『殺鬼者』你的。絕對不會讓你吃任何虧。對我們彼此來說都是好事。我擁有延續你壽命的方法。如果你願意答應接受我的請託，我就當成謝禮馬上讓你從痛苦中解脫。」

「請託？」

「是的。」

女人將左手抱著的包袱輕輕放到桌上，解開。鬆開的方布，四角輕輕地攤到桌上。昏暗的月光中，包袱裡的內容物一出現，男人立刻倒抽一口氣。不知是幻聽還是真實，風聲轉強，彷彿耳鳴一般在極近的距離轟隆作響。

面對說不出話的男人，女人聲音泰然自若地繼續說道：

「殺了我吧。」

第一章

吸血鬼

吸血鬼們禁食的結果——
應該會產生鮮血所嘗到的，想被飲用的渴望吧。
應該會產生鮮血所嘗到的，想被放流的渴望吧。
應該會產生鮮血所嘗到的，想在曠野之中噴發的渴望吧。

（節錄自安德烈・布勒東、勒內・夏爾及保爾・艾呂雅
共同著作《施工中請減速》之〈白頁〉）

1

一八九八年，法國——

距離巴黎東方約四百公里，和瑞士之間邊界附近的城市裘爾乃是法國東部鐵道的終點。嚴寒的冬季氣候與河岸連綿的牧草地，毫無例外黯淡紅屋頂的家家戶戶。以地理或規模來看，和常見的東部僻鄉毫無二致的這座城鎮，實際上卻和人煙稀少或貧窮搭不上邊，而是以小有規模的區域城市之姿欣欣向榮。拜領先現代化早一步發展的鐘錶工業以及繼承傳統的乳酪產業之賜，而且，還有一位居住於市郊的奇怪資產家對各領域所提供的龐大支援資金的庇蔭。

那位資產家是，尚・度舍・戈達勛爵。

裘爾東側的森林又深又廣，但只要藉助鳥兒之眼從空中俯瞰那片森林，便能明白有座孤立於開闊空間似乎快倒塌的尖塔自森林跳出。據說是建造於十四世紀的古城。前述的戈達勛爵，目前與家人一同在這廢墟般的城堡度日。

曾在阻敵方面發揮功用的城郭為樹木吞沒，自豪聳立的圓形望樓如今也只剩地基暴露於風吹雨打中。唯一以建築物之姿繼續保有威嚴的，只有殘留於中心區域的宅第。然而連那宅第也是石牆上常春藤四處爬過接縫，伸展著放肆的觸手。頂著往日的貴族名號的花俏城名早已從裘爾市民們的記憶中消失，愈看愈煽動恐懼的外觀，使得現在人們稱此城為「瓦克特孚離」（Vague de folie）——波動的瘋狂之城。

說起為何富人一家居住在人們無意接近的這座城，理由簡單易懂，正是因為「人們無意接近」。對他和家人們來說，比起稍微不便的住處，不引人注目，位於野獸棲息的森林附近，而且最重要的是位於城市光亮照不到之處——這樣的地點條件重要得多了。

順帶一提，為了戈達勛爵的名譽得事先說明清楚，他絕對不是討厭與他人來往的乖僻者，反倒具備了討人喜歡的紳士性格。

他非得居住於奇怪地方的原因並不是個人喜好的問題——完全，是種族特性的問題。

「拉烏爾，打獵結束了。差不多該回去了。」

深夜一點半。城市南邊的森林中，尚・度舍・戈達勛爵對兒子說道。正在樹木根部觀察著什麼的身穿毛衣的少年起身，雙手插在褲子口袋裡走了過來。他是次子拉烏爾。

「你在看什麼？」

「乳酪狀金錢菌。」

「乳酪狀什麼？是我不認識的草吧！」

「是菇類啦。別管這個了，結果沒有用槍收拾掉嗎？」

拉烏爾輪流看了看父親掛在肩上的獵槍，還有倒在一旁的紅鹿屍體。

「用槍打也打不中所以沒辦法呀。徒手空拳比較好。」

「既然如此一開始就別帶槍出門嘛。」

「市長專程送來的，至少得嘗試一次。」

戈達勛爵將手擱在脖子被折斷的公鹿腹部上。足足有兩百公斤的野獸屍體，他以那外觀看來並不強壯的單手輕而易舉地扛起。父子兩人就那樣往森林出口邁開腳步。

「而且，這樣能表示使用槍啦相機啦這些工具很好。據說這樣能親近人類。」

「還有這種意思在呀？」

「有呀。形象很重要。」

「不過，這種用心那邊一定不懂。」

視線投向城市的方向，拉烏爾圓圓的娃娃臉鼓得更大。

「先前還有一個獵人獨自跑來偷襲吧。」

「呃，關於那件事……」

戈達勛爵含糊其辭。

四天前發生一起事件。遇襲的是勛爵本人。當他和今天一樣走在西側的森林時，對方突然自樹蔭衝出。年老且雙眼充血的老派「驅除業者」，雙手抓著銀樁和木槌的樣子讓人不禁厭煩。儘管毫無痛苦就收拾掉了，但要向法院報告，證明自己是正當防衛還是需要有點麻煩的手續。

「確實現在形勢不利……正因為如此，形象才重要。」
戈達勛爵像是說給自己聽，又重複了一次。
開始吹起逆風大約是兩個月前，外西凡尼亞的那位「伯爵」遭到攻擊後的事情。那新聞傳開來後，整個歐洲正在重燃驅逐潮。同族和人類起了是非的傳聞沒有斷過，原本並未遭到鎖定的戈達勛爵一家人也不得不覺得臉上無光。
走出森林，往家人等待的古城去。吹來的冷風吹倒了草，拉烏爾打了個大寒顫。
「好冷喔。」
「你都穿了毛衣還會冷？」
「冷就是冷。」
「相較於人類，我們感受到的寒冷應該沒什麼大不了。」
「就跟你說沒有人類會在這種寒徹骨的夜晚在森林裡走動。」
「你還真奇怪。」
「跟父親和母親一比，我好多了。」
面對不論說什麼都嘔氣般反駁的十五歲兒子，父親投以苦笑。
可能是像母親吧，平常都在房內埋首讀書，至於偶爾外出也老是去森林觀察植物的這個兒子，確實在種族裡算是奇怪的。比起長子庫洛托，次子能力和體格都遜色，連個性也消極過度。但或許這樣子反而容易適應從今以後的世間吧。

自己這個種族以怪物之姿跋扈的時代，不久就要結束了。

那些舉止如貴族，同族之間派系鬥爭的日子早已過去。在每個夜晚追求鮮血，到處襲擊人類的日子也不復存在。工業革命後過了一百多年，擴展了文明與領土的人類，正在徹底排除棲息歐洲各地的怪物。半人馬、賽蓮和獅鷲，這些本來就稀少的種族在這兩個世紀內滅絕，變成與魔法和幽靈一樣，只存在於幻想之中。戈達勛爵心想，自己這族群的同伴雖還是老樣子到處來勢洶洶，但勢力範圍應該很快就會縮小了。

下個世紀，不管是誰都必須和人類和睦相處。不論願不願意。

回到城內，戈達勛爵立刻將鹿屍橫放在玄關大廳。寬敞的大廳只點了一根蠟燭，不過對害怕日光的他們來說，這樣已是足夠的光源。

「快點搬去吉賽兒那邊吧。」

「等一下，我先把這收進倉庫。」

戈達勛爵重新將獵槍掛上肩膀，往設在大廳一隅的門扉走去。手插在口袋裡的拉烏爾依然一副怕冷的樣子坐在鹿屍上。

「對了，可以不要在倉庫裡放銀嗎？」

「銀？」

「就是從四天前那個來偷襲的傢伙那邊拿來的武器呀。明明很危險為何要放在家裡？這也是為了建立形象？」

「不是。與其放著不管讓其他的獵人拿到手，不如我們自己管理安全得多吧？我預定下星期交給弗洛連。你應該認識吧，就上次那個鐵匠。他信得過。」

「可是，想到家裡有那種東西我就神經緊繃。」

「你太神經質了吧。為了不讓夏洛特惡作劇，我還上了鎖……」

然而，從面向兒子轉向倉庫後，戈達勛爵的話語突然停止，並且吃驚地瞪大雙眼。

「怎麼了？」

「鎖頭……」

鎖頭，遭到破壞。

設在玄關大廳角落的小倉庫，正確來說也兼做武器庫。在擺放傭人使用的園藝工具或城內的整修用具之外，有危險物品也會放在那裡保管。

不過，擁有強大再生能力的戈達勛爵他們，所謂的危險物品不是槍或刀，而是他們的弱點銀製品。通常極少帶進城內。就算在附近只要不碰觸便沒問題，但擔心年紀還小的么女，謹慎起見還是替倉庫掛了個鎖頭。除了戈達勛爵和管家之外，其他人都打不開。

而那鎖頭的單側，像是遭到硬生生扭斷。鎖頭只是掛在門扉上，跟沒上鎖的一樣。方才三十分鐘前，取出獵槍時應當是牢牢地上鎖了，並沒有此等異狀。

「怎麼搞的？」

戈達勛爵喃喃自語著推開倉庫的門。跟平常沒兩樣滿布灰塵的小房間。靠牆立著的掃帚，老舊的油漆罐，成綑的鏟子。最裡面的架子雜亂放著鐵鎚或急救箱等等的日用品，從四天前的襲擊者回收來的純銀製成的樁子應該也放在那裡。

然而以視覺搜尋之前，比人類好過數倍的嗅覺，已經捕捉到明顯和倉庫裡的工具不同的異質鐵味。視線落到地面時，發現那遭破壞的鎖頭宛如在遠方模糊的懸殊異狀。

木頭地板上，傾倒著本該放在深處架子上的銀樁。長度約二十公分，直徑快十公分。尺寸頗為粗大，但原本該散發的冷酷光芒，卻幾乎為其他東西掩蓋。

樁子前端到一半左右的位置，黏附了濃稠的鮮血。

戈達勛爵粗魯地丟下槍，在地板上蹲下。血與銀的分界處，有像是誰徒手碰觸過留下的指痕，連關節的線條都能清楚辨識。無意識地想要撫摸那痕跡而伸手，在即將碰觸到時感受到火燒般的熱度慌忙收手。銀的表面上，沾附的血宛如加熱過度的濃湯正在沸騰發出咕嘟咕嘟的聲音。如果是人類或是其他動物的血，不會變成這樣。

——附著在上面的，是同族的血。

「拉烏爾！」

一邊回到大廳中央，戈達勛爵大叫。

「到我背後，不准離開！」

「怎、怎麼了？」

「照做就是了，千萬不准離開我！庫洛托！夏洛特！……漢娜！」

他往通往半地下的居住區階梯跑去。在冰冷的石造走廊中呼喊長子和么女和妻子的城主，男中音般的聲音迴盪著。

出事了。就在自己去森林的這段時間，有誰侵入城內破壞倉庫的鎖，拿出銀樁……

繞過延伸到地底下的走廊時，一個短髮青年從面前的房間探出臉，戈達勛爵差點撞了上去。是長子庫洛托。

「怎麼了嗎？父親。」

同時在走廊的深處，中年管家阿爾弗雷特手持提燈出現。

「老爺，有什麼事情嗎？」

「庫洛托你沒事吧？」

「沒事？有沒有事，看了不就知道嗎……發生什麼事了？」

戈達勛爵面向管家。

「阿爾弗雷特，好像有侵入者進到城堡裡來了。你有沒有發現哪裡不對勁？」

「侵入者？沒有，我什麼都沒發現。我一直待在辦公室裡。」

「夏洛特在哪裡？」

「小姐嗎？我不曉得她在哪裡……」

「她和吉賽兒在洗衣間啦。從剛才開始就一直吵吵鬧鬧的。」

庫洛托說道。豎起耳朵仔細聽，的確可以聽見從地上樓層傳來年幼的女兒和照顧她的女僕開心談笑的聲音。戈達勛爵進一步沿著走廊前進，趕往自己和妻子的房間。三個孩子看來平安無事。既然如此，雖然不願想像，但該不會——

抵達房門前。在這裡最先反應的也是嗅覺。和倉庫那裡一樣類似鐵的味道。還有，像是什麼燒焦了的惡臭。

「父親。」

家人與傭人們似乎終於察覺有異。聽從吩咐跟在後頭的拉烏爾，發出害怕的聲音。

「你在這裡等我。待在這裡。」

戈達勛爵小心翼翼不發出聲音，謹慎地開門。室內點著蠟燭。沙發、書架、尚未製作完成的五斗櫃以及工具箱。門的正面放著一張背對這裡的太師椅，從椅背看過去是眼熟的金色長髮。

血腥味增強成好幾倍。

「……漢娜？」

還以為是跟平常一樣，看書看到打瞌睡。只要出聲呼喚，那頭髮便會動起來，應該會有張柔和美麗的笑容迎上來才對。說著正在閱讀的詩集的事情，或是修理中的家具的事情，然後她又會埋首製作，木槌的聲音響徹城內。戈達勛爵期望著如此的日常景象，出聲問道。

沒有回應。

步步走進房內，鞋子前端先碰到了什麼硬物。試著將注意力從太師椅轉移到地毯，塞著軟木塞的玻璃瓶傾倒其上。呈現像是裝酒的酒壺的扁平狀。再過去幾步的位置，弄髒成紅色的連帽大衣縐巴巴地捲成一團。

又傳來喊「父親」的聲音。這次應該是庫洛托吧。早已無心回應。

一面提升戒心至極限，戈達勳爵一面繞到太師椅的正面——妻子的模樣映入眼簾之時，他終於發出彷彿野獸的吶喊。

他的妻子漢娜・戈達，坐在太師椅上沒了性命。

遭樁子刺穿慘不忍睹的深深傷痕，伴隨著燒爛的皮膚，清楚地殘留在那為血液所濡濕的胸口中心。

2

吸血城　深夜的慘劇
戈達勳爵夫人遭殺害

十一月四日深夜，國境附近的城市裘爾東部，吸血鬼尚・度舍・戈達勳爵與其家人所居住的瓦克特孚離城的一個房間內，他同為吸血鬼的妻子漢娜‧戈達夫人被發現遭到殺害。夫人應該是睡眠中遭到襲擊，原本保管在城內倉庫的純銀製粗樁貫穿她的胸口，且全身被潑灑聖水。屍體附近留有來路不明沾滿血的大衣和玻璃瓶。戈達勛爵在發現屍體後，立刻主動徹底搜尋城內城外，但未發現能成為追蹤嫌犯的線索。除了夫人之外，戈達勛爵和三名孩子（皆為未成年之吸血鬼）平安無事，犯人極有可能是只鎖定夫人行凶。

凶手是吸血鬼獵人嗎？受追究的宣誓書問題

尚‧度舍‧戈達勛爵一八七二年在宣誓書〈不吸人類鮮血〉上簽名，自政府獲得人權，成為歷史上第六位「人類親和派」的吸血鬼。從那以後他便在裘爾的角落安靜度日，他的家人也堅定遵守誓言。

裘爾市警方對此案採取與貝桑松市警方合作的方式，目前將此案視為一般稱為吸血鬼獵人的怪物驅除業者所為，持續搜查。然而，屬於「親和派」的吸血鬼遭到這種形式殺害的案子是有史以來第一次，即使法學學者之間，對於該將漢娜夫人視為「吸血鬼」還是「人類」，也是意見分歧——

「所以說，這是警告呀。」

聽到這種說法，新聞記者阿妮・凱爾貝爾從夾著報導的手冊中抬起臉。一旁，兩個閒得發慌的同業人員正在嘰嘰喳喳地談論。胖嘟嘟的男人得意地對抽著雪茄緩緩吐煙的驢臉男說著話。

「意思就是『要是不退出，下一次就輪到你們……』這樣。只有夫人被殺的原因也是在此。」

「所謂的『退出』，是要從哪裡退出？」

「當然是從親和派退出呀。不論如何，從德古拉事件後，先點燃的可是討伐風潮呀。裡面應該也有認為給予怪物人權簡直是豈有此理的極端獵人吧。」

「也有傳聞說是『勞合社』的間諜幹的。」

「那些傢伙哪做得到這麼講究的殺法？用的可是銀樁還有淨化的聖水呀！不過，不管是哪裡的什麼人幹的，我是想給個無罪的。」

胖男人看了一眼窗戶被遮擋住的宅第，不屑地這麼說。

「再怎麼是親和派，吸血鬼就是讓人信不過。」

儘管難以贊同這意見，但阿妮也能理解胖男人感受的恐懼。

吸血鬼。

不言而喻的怪物之王。

兼具強韌的肉體和敏銳的五官，以人或動物的鮮血為糧食，避開日光生活於暗夜之中。又強悍又高貴又可怕——所有條件皆滿足的這種性質，即使是人類的亞種幾乎滅亡的現代，依然是不變的恐懼象徵。

最重要的是，他們之所以特別，在於他們的高度不滅性。儘管不清楚是吸了血而長生不老，還是因為長生不老而吸血，但總之吸血鬼不會輕易死亡。除了借助通常的交尾之外，也能讓自己的血混入人類製造同伴，平均來說壽命約四百年。成年後幾乎不會老化，非凡的再生能力，受了傷也能馬上復原。

反覆嘗試錯誤的幾百年之間，試盡了一切尋找是否有直射日光之外能打倒他們的方法。曾有據說大蒜有用的時代，也有教會保證只要舉起十字架就夠了的時代。此外，還有據說將樁子打進心臟就能殺死他們的時代。

結果到了現在，得知了只有兩種物質能有效地對抗他們：一碰到吸血鬼的皮膚就會發熱，讓再生能力失效的純銀；還有天主教會在一二六〇年開發出的，和銀具有同樣特性的聖水。人稱吸血鬼獵人的驅除業者，擁有加工製成子彈、箭頭、刀劍或盾之類各種各樣的銀製品，將領受自教會裝有聖水的瓶子當成護身符，直到今日也熱衷工作。

兩個月前的那事件，便是那樣的成果之一。

九月初，一名叫做凡赫辛的研究員和數名幫手，打倒了以外西凡尼亞為根據地的資深吸血鬼德古拉伯爵。

那本身是可喜可賀的消息，但活了幾百年的「伯爵」留下了極為糟糕的惡作劇般的臨別禮物給現世——日後查出來他一長串即使報紙的頭版到社會版全用上了也罄竹難書的虛報身分、綁票、殺人等等的犯罪經歷——即使對喜愛街談巷議的市民們來說也有點震撼過度，因而造成反作用，整個歐洲的世態變得濁黑歪斜。這次的案子無庸置疑應該也是那德古拉震撼的影響。目前，位於地區都市末端的古城大門口像這樣聚集了十幾名報社記者，原因也是吸血鬼相關的案件正受大眾矚目。

「嗯……那麼，凶手是極端派的獵人囉？」煩惱了一會兒後，驢臉男問道。

胖男人上下晃了晃雙下巴。「大概是吧。古板守舊的獵人幹的。專精熟練，單槍匹馬，由於對驅逐怪物熱血沸騰，由思想而起的犯罪……」

「也許，只是單純幫同伴報仇。」

阿妮以毫不在乎的聲音，插嘴那浪漫過度的剖繪。正在談論的兩個男人目瞪口呆地往這邊看。

「根據警方公布的資訊，戈達勛爵在六天前也曾遭吸血鬼獵人襲擊，當時他反擊殺了那個獵人。雖然那是正當防衛，但這次用來犯案的樁子本來就是那個獵人的東西吧？也許可以當成是他的夥伴來報仇，意思是『我要用他使用過的武器打倒敵人！』這樣。」

儘管陳述己見，但男人們無意傾聽，驢臉男反倒這麼問：

「大小姐，妳在這裡做什麼呀？」

阿妮從口袋拿出名片遞出，同業二人彼此互看後，感情要好地笑出聲。

「巴黎的報社人手也太不足了吧！」

胖男人說，隨後兩人又繼續談論。阿妮遭到忽視。

雖然深感不快，不過還是算了。以後再給你們好看就行。阿妮想起上司說過的話。去採訪這類新聞的特派員呢，阿妮，身材嬌小行動敏捷才占優勢呀。可愛的女生更是吃香……有著「坐在特派員辦公桌前的轉業員魯爾塔比伊」這個奇怪綽號的上司，每次都施展走樣的奇計引起街談巷議。

重新戴好鴨舌帽，注意力回到大門方向。太陽下山已經過了許久。戈達勛爵差不多該現身了。阿妮在腦海中描繪出在總公司的資料室瀏覽過吸血鬼夫妻的老照片。頭髮往後梳攏紳士模樣的戈達勛爵，還有一旁身穿清純洋裝，令人無法聯想到異形怪物的柔和微笑的美女漢娜・戈達。

年齡超過一百八十的尚・度舍・戈達勛爵的生平簡直充滿激烈變化。雖然他是勃艮第地區的吸血鬼一族的長子，但父親過世後他搬到了奧地利。在史泰爾馬克這個區域得到了吸血怪客此一外號，長時間為人所害怕。然而因為吸血鬼之間的爭鬥失去了家人，四十年前再度回到法國。當他愁悶於深山時，邂逅了當時還是人類的漢娜，接受漢娜積極的說服，轉為「人類親和派」，在宣誓書上簽了名。後來他再度逐漸增加財產，結婚後選擇當作居所的便是這座瓦克特孚離城。後來他便是對裘爾的發展不吝投資，和市長、市議會皆關係良好、獨當一面的資產家。

不過，這安穩的生活在兩天前遭到破壞——

「出來了！」

旁邊有人大叫。回神過來往那邊一看，看得到有個黑色人影正走過自宅第一樓邊緣延伸出去的迴廊。到底是何時準備好的呢，迴廊前方停了輛四輪馬車。應該埋伏的不是大門而是那邊呀！

一夥人從大門口同時轉換方向，同業拔腿狂奔。儘管念著「別慌、別慌」，阿妮也追了上去。吐出的白色氣息融入黑夜之中。

人影果然就是尚・度舍・戈達勛爵。臉頰有些消瘦，尖下顎的壯年男子。打扮雖讓那些身穿漆黑西裝，嘴邊鬍子也仔細打點的巴黎紳士也相形見絀，但月光映照著得過白皮膚與薄唇，令人聯想到冷血的眼神，明確顯示了和人類的不同。相較於二十年前的照片毫無老態，然而眉間的皺紋清楚地刻下這幾天的狼狽樣，讓人能窺見如同喪妻的男性人類的感情。

成群記者蜂擁來找這樣的他，簡直是移植新的費心勞神給他。

「戈達勛爵，我是《東方報》的記者。請您對這次的案子說句話！」

「我是《傳聞報》的記者。請問您對東部的獵人吉爾特有何看法？」

「戈達勛爵，請看這裡，讓我們拍一張照片……」

「請別這樣，我現在要去見法官。請各位讓讓……閃開！」

某人被瞪了一眼後往後退，或是有某個無禮之徒想要追上去卻猛力撞上迴廊的柱子，眾人努力奮戰。自己也要加入嗎？不，再等一會兒……就是現在。

「就是現在！」

大喊一聲，阿妮·凱爾貝爾衝進人群密集區。壓低身體，以天生的輕盈鑽過可恨的同業之間。經過胖男人與驢臉男身邊時，為了出方才的一口氣，狠狠地往他們的腳尖踩下去。重重賞了好幾個人的臀部肘擊推開他們，終於逼近到能引起採訪對象注意的距離。

「戈達勛爵！」

「我就說拜託別這樣了……」

本想拒絕的戈達勛爵，往這邊一看後卻立刻放軟態度。這也是正常的。如果打算朝著那站在眼前的記者大吼時，發現對方是個身穿雙排釦大衣、一頭紅髮臉有雀斑的十四歲嬌小少女，任誰都會躊躇吧。即使是吸血鬼也一樣。

上司的奇計再度成功。阿妮邊走邊展現笑容。

「我是巴黎《新時代報》的特派員，阿妮·凱爾貝爾。可以打擾您一會兒嗎？」

「巴黎的記者有何貴幹？」

「雖然根據警方公布的訊息，案件正在持續搜查，但這是真的嗎？」

「持續搜查？真是愚蠢。根本就跟被迫停止一樣。」

戈達勛爵皺起眉頭，非常不痛快、毫無顧忌地說。

「只定出個『這是獵人幹的』這樣的結論，根本無意去追查凶手。這是對我們該有的態度嗎？我已經超過二十年沒喝人血，也替城鎮興建了工廠，甚至在星期天晚上還全家一起上教會！」

「就您本人的認知，這是所謂的對於『親和派』吸血鬼的社會面的歧視嗎？」

「一點都沒錯。妳說妳是巴黎的記者？那妳就寫『戈達勛爵對警察的處理態度感到憤慨』。給我寫『非常憤慨』！」

「好，我一定寫……」

由於採訪時又有一名同業靠近，阿妮以後退步賞了對方腳尖一記。對方發出「啊嗚」的怪聲，戈達勛爵對其投以懷疑的視線。

「請您別介意那個人。對了，出事時您在哪裡、在做什麼呢？」

「我和次子拉烏爾在南方的森林狩獵。」

「狩獵？呃，意思是為了吸血嗎？」

「我是去獵野生的鹿，並沒有襲擊人類！請不要特意誤解我。」

儘管聽見提醒，但阿妮的腦海中已經浮現出聳動的小標題。「妻子慘遭毒手的當下，丈夫正在夜晚的森林裡追求鮮血」。

「好了，妳問夠了吧。我還得去見審判官。」

不知不覺中走完了迴廊，兩人來到馬車面前。阿妮急忙喊了聲「請等一下」，讓開門打算上車的戈達勛爵停住。

「最後請讓我再請教一個問題……剛才，您說警方的搜查跟被迫停止一樣，那麼您打算如何查明真相呢？」

「我拜託管家，去報紙刊登徵求偵探的廣告。」

「私家偵探嗎？反應如何？」

「因為只有一組報名，所以我打算委託他們。是兩位東洋人，好像叫做『專查怪物的偵探』。」

迸出意料之外的詞彙，讓阿妮差點掉了手裡的筆。

「專查怪物……您說的該不會是鴉夜・輪堂？津輕・真打和鴉夜・輪堂？」

「嗯，我記得是這樣的名字沒錯。我完全沒聽過他們，沒抱太大期待。」

不滿地丟下這些話後，戈達勛爵關上馬車的門。車輪開始轉動時，聽到他對著記者們口出惡言：「我要在城四周拉上鐵蒺藜！」

阿妮目送馬車逐漸消失在森林裡，站在原地動也不動好一會兒。一旁剛才的胖男人邊氣喘吁吁地罵著「可惡，讓他給跑了嗎？」，邊追過來。

「唷，大小姐好像進行得挺順利的。戈達勛爵說了什麼？」

「他說他委託了偵探……」

「偵探？哪裡的？」

「不得了了，要發電報給總社……得通知魯爾塔比伊先生……」

已經和同業們的腳尖、還是聳動的小標題都無關了。東洋人雙人組，專查怪物的偵探。阿妮十分清楚他們的事情。以前也曾經見過一面。阿妮即使努力想冷靜下來也忍不住面泛微笑。

無視死心的胖男人在聳肩，阿妮低聲自言自語。

「『鳥籠使者』要來了……」

3

「車夫先生，車夫先生。」

「老爺有何吩咐？」

一面鞭打兩匹愛馬，車夫馬魯克一面將長滿鬍子的臉轉向後方。打開通話用的小窗，男乘客探出臉。

「會不會太晃了？」

「因為，這是鄉間小路。」

才這麼一回應，似乎是壓上了更加不平的路面，車體一瞬間飛過空中。遭到彈開的枯葉碎片，宛如小石子飛來黏在車身側面。四輪的廂型馬車，正在平常絕對不會經過的森林之中全速狂奔。

「我的意思就是這樣喀喀喀喀我屁股都痛了胸口也悶悶的……我就算了，我這人還滿習慣粗魯的所以一點也沒關係，但我師父已經難過到受不了說快吐了，師父嘴巴講出的只有牢騷和斥責就有充足的時間，要是繼續下去師父嘴巴冒出其他東西我就傷腦筋不知如何處理了。能夠麻煩您再稍微放慢，慢慢地讓馬車前進嗎？」

「就快到了，請忍耐一下。」

在這等晃動中，竟能不咬到舌頭喋喋不休。馬魯克心中一邊驚訝一邊粗魯回應。

「而且，一開始說要盡快趕路的可是老爺您呀。」

「那麼，請您盡量慢慢地趕路。」

「請您別說不講理的話！」

「夠了，津輕。」

男人背後傳來另一個聲音。耳朵聽著舒暢、爽朗的少女聲音。

「啊，師父，您好點了嗎？」

「是沒有很好啦，但既然是快到了我就忍忍吧。而且仔細思量過後，我就算想吐也沒辦法吐。」

「哎呀，這樣就被駁倒了。」

「呵呵呵呵。」

「哈哈哈哈哈。」

到底是什麼有那麼好笑，兩位乘客從容不迫地相視而笑。怎麼也令人想像不到是即將前往發生殺人案的那座城堡的人。

感受到難以言喻的詭異，馬魯克再度回頭看向小窗。從男人退開的小窗，看得見一位挺直腰桿子坐著的女僕模樣的年輕女子。剛剛應該發出過笑聲的那張臉，一副什麼事情也沒有的樣子冷得徹底，看了更是可怕。

馬魯克心想「這兩個人到底是什麼人」。裘爾車站前載了他們後，這疑問反覆想了無數次。明顯不同於報社記者和警察，不僅如此總覺得甚至不是西洋人。男人身穿像是傻子似的滿是補丁的大衣配上玩笑般的髮色，笑咪咪的卻令人發愣。女僕裝女人明明是個美女卻冷淡至極，視線每次投向她就只有宛如凍結之感。怎麼看都只是個傭人的這個女人，男人卻繁文縟節地喊她「師父、師父」也教人擔心。

再加上，兩人攜帶的行李和普通的旅客天差地遠。女僕裝女人揹著的是宛如裹著布的長槍般物品，而大衣男人則是手提著一個蓋著蕾絲罩子的鳥籠。

早知道就不載這兩個人了——事到如今，後悔掠過腦海。馬魯克的周圍最近老是些倒楣事。上星期去酒館喝酒讓太太娜塔莉罵了一頓，甚至下令要他戒酒。明明樂趣就只有喝酒卻已經七天不能碰。總之，也反省過自己不好的地方。

一會兒後頭頂上的樹木變得稀疏，藍色半月映入眼簾。謹慎起見揮下最後一鞭過後幾秒，馬車穿越了森林，眼前出現瓦克特孚離城的全景。慶幸著車輪沒脫落而鬆了一口氣，馬魯克在散亂著看來是報社記者們丟的筆記紙張和菸蒂的大門前停下馬車。

「老爺，到了。」

「真的嗎？我屁股痛到有種還在搖晃的感覺。」

「馬車已經停好了啦。」

說出全是挖苦的話語。

乘客下車時，馬魯克仰望古城。北風吹過已變得充滿空洞的城堡，發出類似怪物的呻吟聲，感覺有什麼人在快要倒下的尖塔上正窺視著這裡。接近零度的夜晚氣溫也幫了個忙，身體的顫抖止都止不住。

「真是風雅呀。」

然而提著鳥籠的大衣男，一下馬車便看來非常開心。這人的感覺到底是怎麼一回事。馬魯克走下駕駛座到男人面前去。

「老爺，可以請您付錢嗎？」

「付錢？什麼錢？」

「什麼錢？搭馬車的車資呀。單程是三法郎。」

「好貴喔。」

「因為跑了這麼遠。」
「可是，晃得那麼厲害後，我覺得划不來。」
「老爺，剛才您不是說『自己晃沒關係』嗎？」
「我有這麼說嗎？我應該是說『晃得太厲害我實在受不了』吧。」
男人裝模作樣地將戴著灰色手套的手往臀部伸去。
「我的意思就是，三法郎不划算呀。」
馬魯克的腦海中掠過麻煩事的預感。
偶爾會碰到這種客人。多半以高壓態度對待他人的權力者是擺黑社會架子的大漢，馬魯克也不得不低聲下氣。但這次的乘客情況不同。男人的服裝看來很貧窮，體格瘦瘦高高的，自己應該也能輕鬆打倒。
「老爺，難道您不想付錢嗎？」
粗聲粗氣一恐嚇，男人便慌張地說：
「付錢？不可以說傻話呀，我才不會做那種搭車不付錢的事。」
「那就好。那麼請您快點支付車資……」
「我只是想要退貨而已。」
「咦？」
馬魯克凶神惡煞的表情，立刻變為一臉發呆模樣。這男人，剛剛說什麼？

「怎麼啦，這很簡單的。例如說想在鞋店買的鞋子上面有個洞，那就沒用了因此還給店員也很正常。在家具店挑中的衣櫃是歪的，買這種東西回去會挨母親罵還是打消念頭不買了。就跟這些一樣。付錢給這種搭起來這麼難受的馬車太愚蠢可笑了，但是幸好還沒結帳。所以我想退計程馬車給你。」

「老、老爺，請您等一下。計程馬車是沒辦法退貨的吧！」

「哦，這又是為什麼？」

「這和家具跟鞋子不一樣。不能因為不滿意就退貨。因為……因為您看看嘛，我都已經送兩位到達目的地了。」

「原來如此。確實退貨不合理。」

「就是呀。」

「那麼，請載我們回去一開始的地方。這樣子就可以當成退貨了。」

「……嗯？」

「可以吧，你要送我們回去市中心。我們要下車，然後不付錢給你，一找到其他馬車就走過去搭乘。由於全部恢復原狀，所以就是我們完成了退貨。你說，是不是呀？」

「呃、呃呃……」

是這樣嗎？不對等一下有哪裡怪怪的。儘管馬魯克試圖深思，但男人嚷嚷著「怎麼樣呀你說呀你說呀」逼近，急著要馬魯克的答案。就在此時，背後愛馬發出「噗嚕嚕」

的低沉聲音。

「啊！對了關鍵是馬兒！這沒辦法恢復原狀，馬兒都累壞了。」

「原來如此。那麼就在這裡讓馬兒暫時休息一下好了。我們也會在這段時間內辦好事情，可說是一箭雙鵰。」

「嗯……嗯？」

「讓馬兒休息，馬兒也就不累了，回去我們上車的地方等於我們在物理上完全沒有移動。計程馬車是依照跑的距離計費，所以沒有移動當然也沒產生費用。這狀況是完全有可能退貨的。好了車夫先生有何看法呢？」

「問、問我有何看法這……」

馬魯克吞吞吐吐。讓男人這麼一說，有種確實在道理上那樣講得通的感覺。可是有什麼不對勁。雖然有什麼不對勁卻不曉得是什麼不對勁。不曉得是什麼不對勁意思就是什麼都沒有不對勁嗎？連這一點都搞不清楚，簡單來說就是搞不清楚什麼是什麼了。這麼思考著的時候，莫名其妙的感覺也在加速變得更加莫名其妙，天呀，不行了頭都痛起來了。男人所言是正確的嗎？愈來愈覺得他似乎是對的。既然合理那就沒必要一團混亂地思考個沒完——

「你給我差不多一點，津輕。」

突然，聽見和剛才一樣的少女聲音，馬魯克驚慌失措。背後正在搬下行李箱的女僕，完全沒有露出像是嘴巴在動的樣子。她是怎麼說話的？

「車夫先生，你冷靜下來思考吧。這樣一來你就損失往返的車資了。」

「往返……啊！」

聽到這提醒才注意到詭辯。假如回到原點就算免費，那就只變成是自己白送客人。這個男人不只是打算不付單程的車資，甚至連往返的車資都想免費嗎？憤怒過了極限後反而讓人心生佩服。

「師父您太過分了，再一下下就能順利過關了。」

「過分的是你的貪婪。」

「老、老爺，這樣我很頭疼。用這麼奇怪的方法要詐騙我……」

「沒有啦，對不起啦。我本來就無意要騙你，只是覺得要是你上當了應該很有趣吧。」

「那麼，您是無意要騙人的嗎？」

「津輕你別再說了，不准讓車夫先生更頭疼。他最近很倒楣……因為去酒館挨太太罵正在戒酒大概一個星期了。」

「咦？」

這體貼自己的話語，反倒更強化了馬魯克的混亂。果然後方的女僕沒有出現像是在說話的樣子——當然不僅是這個問題。

「您、您怎麼會知道娜塔莉的事？」

「尊夫人叫做娜塔莉嗎？這並不是什麼需要害怕的詭異事情，我看你的衣服就知道了。」

不論想要以多麼積極的態度理解，這回答還是詭異到了極點。馬魯克低頭看了看自己的衣服。腹部褪色的背心加上扣子重新縫過的襯衫，非常平凡的服裝。明明沒有任何地方寫了妻子或是戒酒的事情。

「好了，車夫先生，如果您不快點要求付款，這傢伙又會講出什麼來了。」

「啊……好、好的。那麼老爺，請給我三法郎。」

「可以算兩法郎嗎？」

「老、老爺……」

不，還是算了。要是繼續莫名其妙的交談應該只會泥沼愈陷愈深。馬魯克瞬間垂頭喪氣。這幾分鐘之內精疲力盡得令人難以置信。腦海中浮現在家裡等著的娜塔莉的臉龐。唉，好想回家。要是沒載到這種客人就好了。

「可、可以了老爺，那就折價吧。兩法郎就行了。拜託您，快點付錢……」

「好。」

男人淺淺一笑。

「其實，我現在沒錢。請你去找戈達勛爵要錢。」

4

就讓管家阿爾弗雷特去調查的範圍來說，所獲得的東洋人雙人組津輕・真打和鴉夜・輪堂相關資訊，幾乎等於無。

專門處理人類避之唯恐不及的、「怪物」相關的案子的奇特偵探。在西班牙毀滅了飼養食屍鬼的教團；在挪威讓人魚洗清遭到陷害的殺人嫌疑；在東歐好像也曾和什麼大案子有關。然而，不管攤開哪份報紙，不知為何都沒有提及他們具體的活躍內容，只有「能力極高」此評價始終如一。看來似乎是只有名號在流傳，每次收到報告，戈達勛爵胸中的疑心便在膨脹。

以想像的結果來說，他所描繪的偵探模樣，是身穿中國服裝有著鳳眼的雙人組。宛如雙胞胎一模一樣的外表，長長的辮子加上稀疏鬍子，一面念著咒語一面使用可疑法術的矮小男人們。想要支付報酬給他們時，他們會用「給我們鴉片就好」這麼一句話回應。

於是，當聽見「偵探到了」的通知，與阿爾弗雷特一同到玄關大廳，看見提著鳥籠、身穿大衣的男人，還有在後方提著行李箱低調的女僕裝女人時，戈達勛爵的心情很是複雜。儘管站在眼前的兩人與想像截然不同，但以狎暱的態度說著「哎呀，您好您好」的男人的可疑感，簡直和中國服裝雙人組不分軒輊。

「戈、戈、戈達大人，請請您付兩法郎……」

加上還有個鬍子男從旁探出頭來，一副消耗殆盡的模樣懇求著。

「你、你是怎麼回事？」

「他是車夫小八。」大衣男說道。

「我叫馬魯克！」

「聽說他叫馬魯克。我們在市區請他載我們過來，回程也想拜託他，所以能讓他在這裡休息一下嗎？看樣子他好像正在精神崩潰。」

「到底是誰害的！」

「哦。好，只是要休息的話……阿爾弗雷特，你帶他去起居室，然後付錢給他。」

「謝、謝謝您！感激不盡！」

雖然沒有要這般親切待人的意思，但受此對待的馬魯克以幾乎要哭出來的樣子跟在管家後頭。戈達勛爵愣愣地目送他們離開後，再度面向男人。

「那麼，你是哪位？」

男人輕輕點頭打招呼。

「您好，幸會。我自日本遠道而來，乃是『鳥籠使者』真打津輕。雖然姓真打，但我是個能力敬陪末座沒有價值的男人，希望您能記得我。」（註1）

「好、好的……我是尚·度舍·戈達。請多指教。」

1　日語「真打」一詞為曲藝等表演擔任壓軸的才能過人之演員或相聲家之意。

一面想著「末座是什麼呢」，戈達勛爵一面握住朝他伸來的男人的手。由於對方以右手持鳥籠，握手便成了左手。

真打津輕，是個二十來歲、不超過二十五歲的纖瘦美男子。不曉得是什麼背景，頭髮和眉毛的顏色黯淡泛著青色，從細長眼角窺視，濕潤的眼眸也是一樣的青色。看起來實在不像東洋人。臉頰左側，有條形狀像是刺穿左眼的縱向細長的線狀刺青，也是青色的。神奇的刺青線似乎從下顎延續到身體，也能推測領口可見的脖子一帶有那道刺青。嘴角雖然微笑著，不過第一次見面的怪異男人露出笑容，反而只讓人覺得是激起不安的表情。

穿著的服裝也格外可疑。穿舊的群青色徹斯特大衣，以讓人覺得應該是特意挑選的不協調補丁四處縫補。大衣底下的襯衫也皺巴巴的，沒有領帶一類的物品。雙手戴著的手套雖是淺灰，連這也可能只是原本白色的手套髒了以後的模樣。

最可疑的是右手提著的鳥籠。或許，應該是說無庸置疑，這就是他之所以是「鳥籠使者」的原因，可是說起來為何要隨身攜帶這樣的物品？難道原來他是個和那如貓的嘴角並不相稱的重度愛鳥人士嗎？鳥籠和提燈一樣都是頂部套上一個圈狀物的構造，帶綢褶的白蕾絲罩子覆蓋整個鳥籠，只有提把從鏤空處伸出來，看不見內容物。整體給人陰沉印象的男人，那滑順的蕾絲是全身上下唯一的廉潔。

「既然您是真打先生，那麼專門處理和怪物相關案件的偵探就是您囉？」

「是的。不過我的身分只是徒弟，專心從事實際偵探工作的是師父。」
「我不記得我有收徒弟，津輕。你就是一般的助手。」
突然，不知何處傳來聲音。
津輕非常普通地回嘴了一句「我就是很像徒弟呀」。戈達勛爵知道並不是自己幻聽。雖環顧大廳，卻無其他人影。那麼，儘管看來不像說過話的樣子，但應該就是在男人背後那位態度低調的女僕所說的。
假如真打津輕是笑咪咪過了頭，這位女人就是完全相反。年輕還是差不多二十來歲。勻稱的小臉上全無顯露表情，鮑伯頭的瀏海也是剪得整整齊齊。髮箍到圍裙，黑色長洋裝到低跟靴子，簡直是英國女僕的化身，為何助手稱為「師父」的偵探要穿著這樣的服裝，而且甘於自己搬運行李，戈達勛爵完全不懂。背上揹著以布包裹的長型物品也令人在意。該不會是槍或弓吧？
「呃，那位是鴉夜・輪堂小姐嗎？」
「沒錯。我是輪堂鴉夜，請多指教。」
她回以爽快的聲音，但雙手緊握著行李箱的提把，這次甚至連握手都辦不到。不，若只有手還算好，令人驚訝的是她連嘴唇也是絲毫未動。是所謂的腹語術嗎？但是這又不是街頭表演，為什麼要用這種方式說話？還是說東洋的女性都是這樣說話的？
「怎麼了嗎？」讓津輕這麼一問，戈達勛爵回以尷尬的笑容。

「啊，沒事……我對東洋的名字不是很了解。沒想到原來是位小姐。」

「原來如此，確實很難分辨得清楚呢。因為不管怎麼樣師父就是沒胸部。」

「津輕？你說什麼？」

「沒有我什麼都沒說，對不起。」

「不過剛剛的還滿有趣的。」

「哈哈哈哈哈。」

「呵呵呵呵呵。」

兩人以戲謔的態度相視而笑。即使如此，女僕仍舊面無表情。至於戈達勛爵，只能皺著眉頭望著她。這個人，有那麼沒胸部嗎？確實很難說是豐滿的體型就是了……

「總之，我雖然是這樣的身體，但在工作方面毫無問題都能妥善處理，還請您放心。殺害夫人的凶手，我一定會找出來。」

「啊，嗯，說得也是。麻煩兩位了。」

突然聽到嚴肅的話語，戈達勛爵的心找回了原本的沉重。步調差點亂了。

「那麼，可以請您立刻帶我們去案發現場嗎？您應該無法在白天活動吧？那麼早點開始搜查比較好。」

「好……不過，在那之前先搬兩位的行李吧。我馬上找傭人來。」

「不用客氣。我會讓靜句搬。」

「靜句？」

這時，女僕裝女人首度有了動作。

在挺直腰桿子的情況下不發出聲音，唯有瀏海和裙子微微晃動滑向側邊，只對碰巧回來的阿爾弗雷特問了一句：「可以麻煩帶我去房間嗎？」

那聲音果然如外表一樣美麗，但是冰冷的態度，成熟且平靜——和剛才聽見的宛若少女的聲音，簡直懸殊差異。

「啊，等一下啦靜句小姐，妳忘了我的行李。」

「請你自己搬。」

「妳、妳太冷淡了，而且無情……」

「靜句，也幫忙搬津輕的。」

「遵命，鴉夜小姐。」

一聽到少女的命令，女僕的態度為之一變，拿起放在地板上的另一個行李箱。接受管家帶路，消失在大廳深處。她經過身旁時，戈達勛爵有種像是接近銀的時候的刺痛麻痺感。接著回神過來。

先等一下。

「那、那位女僕是哪位？」

「啊，介紹遲了。」津輕說道。「她叫做馳井靜句。」

「靜句？那麼，鴉夜•輪堂小姐呢？」

「我在這裡。」

不知從哪裡傳來和方才相同的少女聲。音量與傳來的方向都沒變。女僕裝女子明明已經離開大廳。

「說什麼我在這裡，是、是在哪裡……」

「父親，您說的偵探就是這些人嗎？」

正一頭霧水時，背後傳來另一個聲音。長子庫洛托現身玄關大廳，抱著胳臂走過來。眼窩深邃的野性雙眼，像估價般地睎著。

「哎呀，這位是少爺嗎？您好，我是『鳥籠使者』真打津輕。」

「可疑的傢伙。」

面對打招呼的津輕，庫洛托開門見山說出父親一直沒說的事。

「我實在不認為這種的能夠取代警察。」

「師父，人家說我們可疑。」

「人家說的是你吧，津輕。」

「對沒錯就是你，你……」

頻頻點頭之際，庫洛托的表情結凍了。一副想說「剛才，我是在贊成誰的聲音？」的樣子看向父親。戈達勛爵也想回以同樣的疑問。

「不好意思，剛才穿女僕裝的小姐不是輪堂小姐嗎？」

戈達勛爵客氣地這麼一問，津輕體諒般地笑了。

「啊，難怪我們在雞同鴨講。常常有人搞錯靜句小姐和師父呢。不論如何，她們都沉默寡言。」

「相較於你，所有的人類都是沉默寡言。戈達勛爵，您沒有先去調查過我們嗎？」

「有是有……雖然大略調查過，卻沒有得知任何具體的訊息。」

「這樣呀。嗯，這也很正常。我想一定是因為跟我相關的那些人，即使告訴別人我的事情也無法取信於人……喂，津輕。」

回答一聲「好啦」後，津輕將右手拿著的鳥籠提高到與戈達勛爵的視線相同的高度。

「這就是我的師父。」

「再次向您問好，我是輪堂鴉夜。」

用似乎是樂在其中的聲音，鳥籠說道。

5

「我還在想這座古老的城堡哪裡是居住區域，原來主要的房間在地底下呀。」

「嗯……因為能防陽光。」

「啊，說得也是，您是吸血鬼嘛。原來如此原來如此。」

「嗯……」

戈達勛爵與真打津輕沿著通往地底下的石造階梯往下走。與津輕的狎暱呈現對比，城主反應是心不在焉。他還沒將視線自青髮男人手裡拿著的鳥籠移開。

細緻的純白蕾絲，上頭有著長春藤的薄刺繡。下緣綴了荷葉邊，那布彷彿是馬戲團入口的簾幕，在鳥籠的正面交疊在一起。但，終究看不見那交疊處縫隙的深處。

聽到輪堂鴉夜第二次的自我介紹時，戈達勛爵終於發現了。發出聲音的並非那個叫做靜句的女僕。因為她站的位置是津輕的右後方，只是自己擅自誤會了。聲音的主人──真正的「專查怪物的偵探」，是位在鳥籠裡面的什麼。在這蕾絲罩子的另一側，有什麼存在著。

名叫輪堂鴉夜的，什麼。

一時之間發愣了好久。再度聽到「請帶我們去案發現場」的催促時，戈達勛爵只能回以「哦」的走神回應，一旁的庫洛托不發一語，精悍的五官亂了，直接回起居室去了。

這個鳥籠是偵探。這個鳥籠，能找到殺死妻子的凶手？就算開玩笑也太超現實了，不過看樣子對方是認真的。無所謂啦。鳥籠說人話，這也沒什麼。

問題在於，裡面是什麼。

單就整體的形狀，或是從蕾絲罩子邊緣窺見的部分，鳥籠是極為標準的吊鐘狀。從套上圈狀物的頂端呈現放射狀伸展出圓弧狀的欄柵，接合到圓形基座形成籠子的樣貌。

材質應該是黃銅。基座的直徑最多三十公分左右，高度大概四十公分。再怎麼嬌小的人類也不可能進入如此的空間。

所以，是妖精嗎？雖說北歐那邊現在也幾乎找不到了。或者，果然是鸚哥或鸚鵡？不然就是……

「您很在意嗎？」

津輕突然這麼問。戈達勛爵拿著提燈映照出來的津輕的笑容，加上了陰影變得愈來愈奇怪。

「我是不介意讓您看，不過重點是師父很害羞。」

「你不要擅自決定我的屬性，」鳥籠中傳來鴉夜這麼說的聲音。「戈達勛爵，請您見諒。雖然在這裡拿掉這罩子也無妨，但有的人看到我的樣子後就覺得詭異，接著什麼話都不願意跟我說。為了讓搜查迅速進行，維持現狀比較好辦事。」

「好、好的。」

鴉夜似乎是為了不讓人心生恐懼而費心。對自己就是異形吸血鬼的戈達勛爵而言，獲得對方如此的費心還是活了一百八十年來頭一遭。

忍不住好奇，他對津輕低語：

「請告訴我一件事情就好……她到底是什麼？是人類嗎？」

「師父呀，是個絕世美少女。」

津輕的答案完全不能當成任何參考。

「玩笑話就講到這裡，我們來談案件吧。這座城，住了幾個人呢？」

鴉夜再度突然轉換話題。戈達勛爵乾咳了幾聲。

「家人除了內人之外是四個。我、長子庫洛托、次子拉烏爾，還有么女夏洛特。剛才在大廳兩位已經見過庫洛托了吧？」

「拉烏爾小弟應該也見過了。」

津輕輕快地說道。

「拉烏爾應該沒有露面呀……其他，還有兩位人類的傭人。」

「兩位？聽說您很富有，沒想到傭人這麼少。」

「因為沒有幾個人類想在吸血鬼的家工作。」

「哦，日夜顛倒確實是難過。」

「我認為不只有這個原因。」鴉夜說道。「那麼，傭人叫什麼名字？」

「女僕叫做吉賽兒，剛剛跟我在一起的管家叫做阿爾弗雷特。吉賽兒負責照顧小女，還有大部分的家事。阿爾弗雷特主要的工作是整理城內還有處理和我工作相關的業務。他已經在我身邊工作二十年以上了。」

「聽說遭到殺害的漢娜夫人，以前是人類？」

「是的。她和我訂婚後才成為吸血鬼……兩位知道變成吸血鬼的方法嗎？」

「應該是注入吸血鬼的血到體內吧。」

津輕回答。恐怕這是到這裡來後他第一次說出的正經答案。不愧是「專查怪物的偵探」，看樣子具備某種程度的知識。

「一點都沒錯。搞錯以為被吸血就會變成吸血鬼的人也滿多的。」

「我本來也是那種搞錯的人，不過不久前我也去參與過吸血鬼的案子。那個時候，我從研究吸血鬼的人學到正確的知識了。那又是一個怪人。」

津輕突然變成個眼皮微腫的老人的口吻，似乎和某個看不見的對象在交談。

「『對，意思就是，如果將吸血鬼的血某種程度混入體內，那個人類就會變成吸血鬼喔。』

『是這樣呀？我還以為一定是被吸血就會變了。』

『不會，不可能有那種事的。因為吸血鬼的血強過人類的血，所以混到人類體內的話人類就會變成吸血鬼。反過來說，因為人類的血比吸血鬼的血弱，嗯，所以吸血鬼吸了身體也不會有異狀，就是這樣。說起來呀，假如人類只是被吸血就會一個個變成吸血鬼，這個世界吸血鬼早就多到滿出來了啦。』

『這麼一說，嗯嗯，也是啦。那麼，意思就是那些傢伙要製造同伴時，並不會吸血囉？』

『沒錯。』

『什麼呀，我一直以來都搞錯了。討厭，為什麼不早一點跟我說啦你人也很壞。』

『是呀。所以，我現在跟你道歉了。』」

「……」

「……」

「……」

結冰般的沉默流逝。

「這個人，剛剛在說什麼？聽起來像是東洋的話語。」

「請您別放在心上。這傢伙的興趣就是花工夫和時間講無聊事。」

「無聊事這種講法太過分了呀，師父。我可是竭盡所能思考想要讓戈達勛爵露出笑容的。」

「就算你用日語說應該也傳達不了吧。」

「不用日語說就傳達不了嗎？」

「要讓我露出笑容？輪堂小姐，他在說什麼？可以麻煩您翻譯嗎？」

「就別管他了，對心理健康不好。對了，房間還沒到嗎？」

嚇了一跳往前看，已經走到走廊很深的位置了。

戈達勛爵說了聲「在這邊」，立刻打開面前的門鎖，請偵探與助手進入案發現場。然後加強提燈的照明，好讓整個房間能看得清楚。

空間從門開始往右側深處延伸，長方形的房間。右側和左側的牆壁，整面都是延伸到天花板的書架，對向的牆壁則掛著一雙劍裝飾。雖然那天花板附近有扇為了取光而設的小窗，但對戈達一家來說是沒必要的，便以木板釘住封死。室內雖然潮濕，不過打掃很仔細並沒有霉味。

房間的深處放有沙發、凳子和矮桌。中間鋪有墊子，和釘子與工具類擺在一起、不合場所的尚未完工的五斗櫃，四平八穩地鎮守在上面。女兒的玩具像積木和玩偶之類散落四處。還有正對著門的那張引人注目的太師椅，和三天前一樣背對著這裡擺放著。

「真是間好房間。」

不知是奉承還是真心，津輕說道。

「您的興趣是閒暇時自己做木工嗎？看起來像是還沒做好的棺材。」

「這不是棺材，這是五斗櫃……有這興趣的不是我，是內人。漢娜喜歡修理骨董的東西。每次從城堡的廢墟找到陳年家具，都會搬到這裡修繕。以前，整個房子常常迴盪著鐵鎚或木槌的聲音……」

戈達勛爵一邊放下提燈，一邊憂鬱地低下頭去。以後再也聽不到那個聲音了，這五斗櫃應該也不可能完成了吧。

「門鎖，是從案發後就保持原狀嗎？」鳥籠傳來聲音問道。

「是的。因為我想保存現場比較好，除了我之外沒人能開門。」

「屍體也是原狀嗎？」

「不是。因為吸血鬼的屍體腐爛得很快，已經下葬了。不過家裡有相機，我拍下照片達到保存現場的效果。」

「太棒了。處理得這麼漂亮，巴黎市警方也會嚇得臉色發白吧。」

「我不是因為喜歡才拍的……雖然不是能拿來自誇的事情，但吸血鬼活得久對這方面的事情也就自然——」

「習慣了？」

「……是的。」

「感覺我可以跟你當好朋友。」

不知為什麼，鴉夜開心地這麼說。徒弟的態度以及師父的言行，全都莫名其妙。

戈達勛爵嘆了一口氣。接著，一面感受市長送的禮物終於派上用場的諷刺，一面從胸前的口袋拿出洗好的照片。

徹底變了個模樣的妻子，被詳細地紀錄在那上頭，簡直到殘酷的地步。

手腳無力下垂的一具屍體。臉部雖平靜地宛如安睡，但嘴角掛著一道血跡。貫穿胸口中央的正圓形傷口流出大量的血，變成好幾條暗紅色的河往下腹部擴散。屍體雖穿著家居服，但由於遭到潑灑聖水，導致胸口以下的肌膚微微透出來。滲入家居服的聖水灼傷了整個下腹部，傷口的縫隙隨處可見，更顯悲慘。

接過照片的津輕，自己看了一會兒後將其拿到鳥籠面前。看樣子蕾絲罩子是為了讓裡頭可以透視外界的設計。

「師父，怎麼樣？」

「鏡子映照不出吸血鬼，照片拍不出吸血鬼，這些也是迷信。」

「我不是在問這種事情。」

「胸前的傷口直徑將近十公分。是椅子刺穿的應該無庸置疑。我覺得傷口左方比起右方似乎出血少了一些，為什麼？」

「是屍體向右傾斜的緣故嗎？」

「照片看來屍體是坐得不偏不倚的……好，這一點先不管。夫人的表情很平靜，身體也沒有掙扎的樣子。戈達勛爵，漢娜夫人當時應該是在睡覺吧？」

「對。她沒有發出叫聲，應該也是因為是在睡夢中吧。」

沒有痛苦就那麼死去，好歹算是種幸福——戈達勛爵再度低下頭去。

「是當場就死亡嗎？」

津輕向鳥籠詢問。

「看來也沒有因為痛楚而醒來的跡象。應該可以視為幾乎是當場死亡……這麼一來，凶手一次就將椅子刺入心臟吧。那力氣可是大得驚人。」

偵探在蕾絲罩子當中，彷彿自言自語地低聲道，接著又說：

「可是，戈達勛爵，吸血鬼的感覺應該比人類更敏銳吧？」

「是的。即使處於睡眠，只要是淺眠的時候都很敏感。漢娜就算在打瞌睡，只要我出聲喊她，她便馬上醒來。所以假如是趁她熟睡時偷襲，那就是能夠消除自己氣息的高明獵人幹的。」

「高明，呀。」

鴉夜接過戈達勛爵的話語，像是在思考什麼。

「可能是先讓漢娜夫人吃了安眠藥。」津輕說。

「那類藥品對吸血鬼沒有效果。」

「啊，是這樣呀……說到藥品，聖水是什麼情況？是殺害後灑上去的嗎？」

「大概是吧。要不然應該會因為灼傷的疼痛而醒過來才對。但是雖說是殺害後，但死亡經過一段時間後，吸血鬼的細胞便會失去力量，即使潑灑聖水也不會灼傷。因此，潑灑的時間可推斷是才剛死亡沒多久。」

鴉夜對吸血鬼肉體相關的分析，正確得連戈達勛爵也忍不住點頭。

「椿子加上淨化過的聖水，真是有趣的凶手呀。」

「也有種做得過火的感覺吧……對了，戈達勛爵，屍體的手或腳有傷嗎？」

「沒有。手腳很乾淨。除了照片拍到的部分，都沒有外傷。」

「好像有大衣之類的遺留物到目前還保留原狀，您沒有碰過嗎？」

「對。城堡裡的人沒有任何人碰過……連警方都沒有想拿走的意思。」

戈達勛爵的內心，前幾天對少女記者發洩的相同怒火醒了過來。

市警和法官都無意幫助身為異形的吸血鬼。就這一點來說，眼前的偵探至少還有想要認真調查的樣子。雖然還不曉得他們能否信賴。

「那麼，可以請您告訴我們發現屍體的經過嗎？」

「報紙應該刊載過了。」

「請您再說一次。就您想得起來的部分仔細地說。」

「雖然應該是您不太願意想起的記憶吧……」

無可奈何，戈達勛爵從想要返回城堡開始說起。和次男拉烏爾在森林裡，打死了一頭鹿。回到玄關大廳後發現倉庫的鎖遭到破壞，找到被血沾濕的銀樁。確認過家人是否平安，最後進到這個房間面對的卻是漢娜的屍體。

「雖說很習慣屍體了，但家人被那麼殘忍的手法殺害還是第一次。我看到以後內心大為震撼，發出吶喊……」

「當時除了您之外還有誰進入這房間？」

「為了讓我冷靜下來，阿爾弗雷特進來過。但是，他沒有碰屍體或是房間裡的物品。我也吩咐小犬他們不要進來這裡，因為我認為他們看了會受到打擊。後來我拜託阿爾弗雷特照顧他們，我自己去搜索城內。」

「請等一下。這棟居館，隔音是不是很差？」

「是呀……應該是這樣沒錯。牆壁也老舊，特別是地底下回音很大。」

「案發當時，您的長子庫洛托還有管家阿爾弗雷特先生，都在距離這房間很近的地方吧？」

「對。阿爾弗雷特在裡面的辦公室，庫洛托在隔兩間的房間裡。」

「可是，在您大喊之前他們都沒發現出事了。」

「他們兩個都說這房間沒有傳出任何聲音。」

「原來如此。那麼，您有搜索到什麼嗎？」

「我什麼都沒找到。我也到外面的森林到處搜尋，但連足跡或氣味的痕跡都沒發現……所以，兩位的搜查或許也得不到成果。」

儘管打算暗示「委託查案要是沒成果也算不了什麼」這樣的意思——

「不過，只是嗅聞味道的話連狗都辦得到呢。」

但鳥籠的聲音，帶著挑戰的語氣回應。

「人類是會思考的，戈達勛爵。用看的用聽的用聞的，然後思考。不知是哪個法國人也說過，說『人類之所以為人類的所有尊嚴就是在於思考』。合乎邏輯的思考是人類能夠擁有的第一項武器，同時也是最後的娛樂……不過呀，由我來向您說『人類』應該要如何如何，說真的還挺無聊好笑呢。」

「……」

「津輕。」

她一喊，助手立刻簡短回了句「是」。照片還給戈達勛爵，接著拿起提燈，往太師椅走去。

偵探們的搜查，開始了。

「停——蹲下——放好提燈。」

聽從發自鳥籠的聲音，津輕在綠色地毯上蹲下。用光照出留在上面的兩個物品。

「大衣和瓶子，呀。首先看大衣。」

津輕以左手拿起大衣，然後將右手提著的鳥籠移到大衣面前。

「前面因為沾到血而變得黏黏的，讓我看背面……再往上一點，帽子的部分。嗯，尺寸還滿大的，布料也厚。稍微拉一下袖子看看……可以了，往下一點。扣子旁邊好像沾到了什麼，試著拿起來……是小石子呀。口袋裡面怎麼樣？什麼都沒有？是喔。」

原來如此。這確確實實是個「鳥籠使者」。

望著在大衣面前四處移動鳥籠的男人，戈達勛爵這麼想著。

「攤開」，「掀開」，「靠近」，「回去」，「看一下」，「把裡面翻出來」，「舉高」，「往右一點點」，「再過去」，「可以了」。

鴉夜每次發出簡潔的指令，津輕便順從回應。一下子翻出胸口的口袋，一下子掀開領子，為了能夠仔細觀察，將鳥籠湊上前去。要是有個什麼都不曉得的人見了這一幕，應該會覺得偵探是以鳥籠取代放大鏡使用吧——嚴格來說，他並不是使用鳥籠，而是站在為鳥籠所使用的立場。

「布料雖然還很牢固，但針腳到處都有脫線。應該是只有這麼一件外套天天都穿吧。先前的主人看樣子是個窮人。」

「凶手一文不名嗎？」津輕說。

「我的意思不是說凶手，而是這大衣先前的主人。左側有沙子弄髒的痕跡，右側有陽光和雨水造成的褪色。口袋裡面空空如也，整體而言髒得厲害，兩個袖子也有往上翻折而留下的褶痕。先前的主人將大衣扔在某個地方的路邊，凶手撿起來，調整成符合自己身高的尺碼後暫時拿來使用。為了防止血濺到自己身上。」

冷靜地結束觀察，鴉夜接著下了指示「到瓶子那邊去」。津輕離開大衣，拿起以軟木封口的扁平瓶子。

「這瓶子看起來滿普通的。只是玻璃有點髒，是灰塵的關係吧。」

「你用袖子擦一擦看看。」

「好的……擦過了。」

「汙垢掉了嗎？」

「就像是很難笑的笑話那樣。」

「你說什麼?」

「一點都沒有效。」

「你不必每句話都講得這麼巧妙。讓我看看蓋子……沾到了一點點的血呢。看樣子凶手是殺害夫人後才碰這瓶子的。」

「瓶子裡應該裝了聖水吧。」

「好了,放下吧。」

津輕將瓶子歸回原位,重新拿起提燈,再往引人注目的太師椅走去。然後來自鴉夜的指示變得愈來愈多,津輕的動作也愈來愈活躍。幾乎要貼到地毯地移動鳥籠,再往書架的方向提高,靠近椅子的扶手部分。無法自行移動的偵探,借助稱她為師父的助手的雙手移動到所有地方。接二連三,從右到左。才剛聽到這指示,又要從上到下。

這景象讓真實身分不明的鳥籠在進行偵探活動此一事實的異質,化為雙眼可見的型態,令戈達勛爵切實感受。他們的一舉一動所有一切,都和至今為止戈達勛爵所積累的知識,或是實際經歷過的犯罪搜查相差懸殊。讓人以為與其說那是搜查,不如說幾乎更像是一種儀式。

笑咪咪的青髮男人每動一步,大衣下襬便宛如幽靈搖曳。蕾絲罩子的另一側,也不曉得到底是不是人類的少女,持續發出如歌的聲音。

在凶殺案現場昂首闊步的，兩頭魔物。

「這把劍是仿製品嗎？」

調查掛在牆上裝飾的劍時，鴉夜對這邊說道。戈達勛爵回神過來。

「不，這是真的。本來就是城堡裡有的東西，小犬們的房間也裝飾了幾把……因為我們就算受傷也只要幾秒鐘就復原，沒有必要特別做成仿製品。」

「可以拔出來看看嗎？」

「請。」

鴉夜命令津輕輪流拔出兩把劍。看樣子沒有使用過的痕跡。然後他們移動到放在太師椅旁邊的小桌子。

「漢娜夫人似乎是在讀書的時候睡著了。燭臺旁邊有維永的詩集。」

戈達勛爵回應「正是如此」。

「內人午餐過後，習慣坐在那張椅子上看書，常常就那樣直接打起瞌睡。我想凶手也是挑那時機動手的。」

津輕不解地歪頭。

「所以凶手是特別鎖定那個時間嗎？沒有比背對房門坐在椅子上打瞌睡的時間，更適合偷襲的好機會了。」

「雖然這著眼點很好，但現在還不曉得怎麼樣。津輕，讓我看看椅子下面……連地毯都沾到血了嗎？看來毫無疑問夫人是在這裡被殺的。」

「要從這一點開始懷疑嗎？」

「地點很重要呀，非常重要。椅背情況如何？毫無傷痕？那麼，凶器就是沒有貫穿夫人的身體了。」

津輕他們將周圍其他的抱枕或是玩偶隨手翻過來查看，確認過沒有異狀。接著繞到沙發那邊去，大致看了看桌上和正在修理的五斗櫃等等後，終於回到戈達勛爵面前。

「輪堂小姐，您知道些什麼了嗎？」

「這案子很有意思。」

鳥籠說出完全脫離期待的話語。

「請讓我向您確認兩件事情。首先，聽說原本在倉庫的銀椿是從獵人身上回收的東西，那個獵人有無將椿子放在盒子之類的東西裡？」

「沒有，他是直接拿在手裡的。這有什麼問題嗎？」

「沒有什麼大問題。那麼另一件事是，您如果碰到銀或聖水就會燒傷，但是有方法可以避免嗎？例如說，將銀製品用布包起來之類的。」

「避免的方法呀，我想多包幾層厚一點應該可以……即使如此，我並不想要主動去接觸銀。即使是在倉庫，我也曾經發生過手只要靠近椿子就差點燙傷的事。」

「那種燙傷，吸血鬼的再生能力有辦法嗎……」

「當然是沒用的。那比普通人類的燙傷還要嚴重，輕者也要花一個星期才能復原。所以，從被打倒的獵人身上回收武器的工作，我也是交給阿爾弗雷特。」

「那位管家先生呀。我記得有倉庫鑰匙的，只有您和管家先生對吧？」

「對。」

「原來如此。謝謝您的回答。」

「不好意思……這樣您是不是知道些什麼了？」

戈達勛爵再次詢問。鴉夜回以「關於這一點呢」不明確的低語後，說：

「喂，津輕。」

「是的，師父。」

「假設凶手是從外界潛入，你給我說說看犯罪的過程。」

「小事一樁。」

津輕點點頭，乾咳了幾聲。然後突然朝氣蓬勃，以令人佩服居然不會咬到舌頭的氣勢開始娓娓道來。

「在城附近等待犯案機會的凶手，確認戈達勛爵出城後，潛入玄關大廳破壞倉庫的鎖拿走裡面的銀樁。躡手躡腳來到這個房間偷看裡面，發現夫人的頭髮披散在椅子上。心想好極了靠近椅子將銀樁用力打入心臟！」

自己比出刺進自己胸口的手勢。實在是個糟糕的興趣。

「睡著的可憐漢娜夫人當場死亡，血噴到凶手事先準備好穿著的大衣上。但是殘忍的行徑還在繼續，凶手取出玻璃瓶將聖水咕嘟咕嘟潑灑在夫人身上，進行老套的淨化儀式。心想好了工作做完了趕快跑路吧，丟掉大衣和玻璃瓶立刻逃離此處，將沾到血的椿子丟進倉庫後出城。聽說戈達勛爵他們是在南側森林，所以凶手應該是逃到延續到鬧區的西側森林，要不然就是迅速逃往瑞士邊境的方向，這我就不知道了。我的報告到此結束。」

「辛苦你了。戈達勛爵，您覺得這說明如何？」

「講述方式太鬧著玩了。」

戈達勛爵瞪了津輕一眼，鳥籠似乎很是愉快，發出嗤嗤的笑聲。

「非常抱歉，我晚一點再好好罵他。除此之外您有何看法？」

「犯罪的過程，我也覺得應該是這樣。」

「這樣呀。不過對我而言，這犯罪流程我怎麼也無法接受。」

「咦？」

「確實這案子，凶手看來是從城外入侵的。實際上，警方和報紙也都下了是吸血鬼獵人做的這樣的結論。但是假如真是如此，便會產生好幾個疑問。大致區分一下全部共有七個問題。」

「有七個這麼多？」

出乎意料的回答，令戈達勛爵直盯著鳥籠。當然蕾絲罩子毫無變化，也不知道裡頭的鴉夜在想什麼。

「津輕，手指豎起來。」

「好的。」

一臉笑容回應，津輕豎起左手一根手指。鳥籠中的鴉夜配合這動作開始說話。

「首先第一個。為何漢娜夫人沒有醒過來的樣子？她和您或公子們一樣都是吸血鬼。雖然是正在睡覺，但對聲音或氣味的敏感程度可是強過人類數倍，沒有發現來自外面的襲擊者逐漸靠近實在是很奇怪。」

「這是……因為，對方是個技術高超的獵人吧？」

戈達勛爵心想著「這妳不是心知肚明嗎？」反駁，鴉夜彷彿是在點頭，發出「哦」的一聲，接著說道：

「那麼第二個。為何兇手不是挑太陽出來的大白天行動，而是特意在夜晚入侵城內？吸血鬼白天時力量會減弱，這是連小孩都知道的常識。技術高明的獵人應當更懂才對。如果想殺漢娜夫人，挑白天下手絕對是更穩妥、更安全吧。儘管如此，為什麼還是挑其他吸血鬼正在活動的半夜？」

「白天我們也會徹底緊閉門窗，所以兇手放棄了吧。大門或後門都會鎖上好幾道的鎖……」

「原來如此，意思是凶手沒有辦法破壞那些鎖了。可是凶手不就有辦法扭斷倉庫的鎖頭？」

「……」

這次反駁不了。

「第三個。」鴉夜繼續說道。津輕同時豎起三根手指。

「為何凶手要將裝聖水的瓶子放在案發現場。用來防止血濺到自己身上的大衣就算了，瓶子也不是什麼會變成負擔的東西，既然掉在那種顯眼的地方，所以我不覺得是不小心掉的。特別放在那裡再離開，讓人不得不說十分不自然。

第四個。為何凶手知道倉庫裡面有銀樁？城內並沒有凶手四處翻箱倒櫃的跡象。因為打從一開始，凶手就猜到銀製品和園藝工具與打掃用具一起收在玄關大廳角落，那像是小儲藏室的倉庫裡面。一般來說，會想到那種地方有銀製品嗎？除此之外，凶手還能準確推測漢娜夫人所在的房間還有她打瞌睡的時間，這我也無法接受。還是說，戈達勛爵您曾經跟什麼人滔滔不絕提過城堡內部的各種大小事情？」

「怎麼可能！我絕對不會那麼做……」

「那麼，就很不對勁吧。」

鴉夜冷酷地斷定後，說：

「第五個。為何凶手要將刺入夫人身體的樁子拔出來，放回原本的倉庫去？凶器就跟其他東西一樣，丟在現場直接跑掉應該輕鬆多了。即使逃走的時候要橫越玄關，但是專程回去倉庫除了費工夫之外什麼都不是。還有這件事情更能強化第三個問題。為何會想把銀樁放回原處，自己帶的瓶子卻丟在現場？」

回神過來，戈達勛爵已經對鴉夜的話聽得投入。

剛到沒多久的偵探，接二連三說出至今為止不曾察覺到的案件怪異之處——不僅如此，儘管淡淡地點出問題所在，看不見裡面的說話鳥籠實在離奇。荒誕至極的對象，竟提出周密的分析，此一場面滿是矛盾。

這種說明不了的詭異，讓身體麻痺。

「好了，我最想關注的是第六個問題……」

「師父，我很傷腦筋。」

「怎麼了，津輕。」

「因為我要單手提著師父，已經沒有手指可以豎起來了。」

「那就伸舌頭出來。」

「嘿的。」

即使如此，徒弟還是聽從指示照辦。明明身處凶殺案的現場，映入眼簾的男人，身影卻愈來愈滑稽可笑。戈達勛爵臉頰緊繃。第六個結束後，第七個會怎麼樣表示呢？這次打算舉起單腳嗎？

「那、那麼，輪堂小姐，您說的第六個問題是什麼？」

「嗯。那就是，極為重要且極為常識層面的事情……」

「爸爸？」

突然，背後傳來小孩子的聲音。可是那並非鴉夜的聲音，而是更年幼、戈達勛爵更耳熟的聲音。

回過頭去，意圖躲藏在門框後頭，四歲的女孩探出臉。與母親同樣的金色長髮，以及濃縮之後的可愛，和陶瓷娃娃一模一樣的外貌。然而因為她也是吸血鬼，所以臉頰沒有血色，皮膚也比人偶來得白。她抿著嘴，翡翠色的眼眸憂慮地窺視房內。

「啊，夏洛。」

「這位是千金嗎？」鴉夜說。

「是的，這是我的么女夏洛特。夏洛，這是來調查這次案子的偵探……」

搶在戈達勛爵介紹之前，津輕將身體轉向夏洛特。

和一頭青髮又刺青、身穿滿是補丁的大衣、帶著神祕鳥籠，像是要打招呼般豎起五根灰色手指同時笑咪咪地吐出舌頭的異樣男人……和他視線交會的瞬間，純真的女孩發出短短一聲尖叫，沿著走廊跑遠了。

「啊——！」

6

掛鐘響了十二次，告知瓦克特孚離城深夜零點到了。

尚．度舍．戈達勛爵坐在長桌最裡面，最尊貴的上座，啜飲裝在湯盤的血液。雖是平常就在喝的鹿血，但今晚就像是沙子無趣乏味。他一邊宛如品嘗紅酒般搖晃動湯匙內的血，看了看為了午餐而聚集在一起的餐桌成員們。

地點是居館一樓的餐廳。在壁爐亮著表面上的火光中，吸血鬼們喝著赤紅液體，除了他們之外的人則是吃著烤雞和濃湯。展現出一幅著實不相稱的景象。

戈達勛爵的右側座位，坐著的是短髮的長子庫洛托和穿著毛衣的次子拉烏爾。和哥哥並肩而坐，弟弟的娃娃臉和矮個子看來更明顯。拉烏爾再過去的位置則是坐在兒童用高椅上的夏洛特，她一邊流下紅色的汁液一邊將湯匙送進嘴裡。

站在夏洛特後面的，是幫忙擦拭灑到外面的血的女僕吉賽兒。她是個粗眉引人注意、流露鄉村氣息的女人，從烹飪到送餐，準備紅茶，還有照顧么女，一個人包辦了餐桌的所有工作。

夏洛特旁邊，末座的位置，則是由滿臉鬍子的車夫馬魯克貪小便宜地坐著。雖然戈達勛爵心想不能讓他挨餓而招待他就座，但和吸血鬼們坐在一起顯然讓自己臉上無光。對面的管家阿爾弗雷特，以似乎是不好惹的消瘦面容咀嚼著萵苣。

環顧所見的成員們，每個看來都很不開心，沒有人能專心用餐。庫洛托等人攪拌著血湯，馬魯克一邊用叉子輕觸雞肉，一邊注意力全跑到同席的稀客們身上。

「啊，不好意思，女僕小姐，我可以喝杯茶嗎？不，我不要紅茶我要綠茶。要熱的。咦？沒有是嗎？那麻煩給我熱水。」

大衣和手套都沒脫，坐在拉烏爾對面的真打津輕，就他一個人興高采烈大口吃著雞肉。坐在他旁邊的，是不發一語淡淡地用餐的馳井靜句——而在他們兩人之間，左右為裝著法式長棍麵包的容器和燭臺，孤單地擺放著的，是真實身分不明的鳥籠。

開始用餐之前，偵探已經自我介紹過了。大家好，我是輪堂鴉夜。我是來解決案件的。如各位所見住在鳥籠裡所以沒辦法和各位同席用餐非常抱歉。請各位不必在意我。

看樣子沒有任何一人真的把這話聽進去。

「味道怎麼樣？」

試圖打破尷尬，戈達勛爵詢問客人。雖然完全是社交辭令，但津輕依然一面啜飲豆子湯一面回答「非常美味」。

「雖然我本來在想您邀我吃飯端出鮮血來的話該怎麼辦，我還打算遵照我奶奶的遺言就當我不能喝血好了，不過這樣的菜單我很歡迎。城堡裡也有普通的食物對吧。」

「這是當然。提供給客人或傭人的食物也得準備著。就連我們也是拿來當飲料或點心常吃。」

「主食畢竟還是血嗎？」

「是呀。如果不像這樣定期攝取，體力就是怎麼也持續不了。不過，我們已經不喝人血了。」

「人血與獸血的味道不一樣嗎？」

鳥籠中傳來鴉夜的聲音。瞬間，眾人移動餐具的聲音從餐桌上消失。

「只要習慣野獸的味道，其實沒有差太多。而且，獸血即使只有少量，也能產生足夠的活力。」

戈達勛爵強裝平靜，接著問道：

「輪堂小姐，您不用餐沒關係嗎？」

「請別掛念我。我就算想吃也沒辦法吃，最近感覺有點發胖呢。」

「噗呵，師父您就別吃了呀，麵包不是飛走了嗎？」

「呵呵呵呵。」

「哈哈哈哈哈。」

鳥籠和男人互相笑著。來倒白開水的吉賽兒雖然在那放下茶杯，卻是想盡量不靠近而努力伸長手臂。靜句在旁邊默默地將蔬菜送進口中。

「還有，那裡面，是什麼東西？」

終於，庫洛托指著鳥籠問道。

「喂，庫洛托，快住手。太沒禮貌了。」

「父親，沒禮貌是什麼意思……因為很奇怪呀，鳥籠竟然會說話。我記得，你是真打先生吧？那裡面有什麼……」

「您聽過轉失氣嗎？」

「轉、轉失氣？」

「一個告訴人們世界上有的東西還是不知道比較有意思的故事。」（註2）

津輕這麼說完後，環顧年輕的吸血鬼三兄妹的臉。和夏洛特四目交接時，夏洛特全身僵硬差點從椅子摔下去，拉烏爾趕忙扶住妹妹。

「父親，真的能交給這些傢伙辦嗎？」

庫洛托的疑心愈來愈重，用沾了血的湯匙指著津輕。

「我認為可以交給他們處理。他們確實是有點奇怪，不過搜查本身有條有理。」

即使半信半疑，戈達勛爵始終支持偵探。

先前，因為夏洛特現身而沒能聽聞推理到最後，不過從房間轉移陣地到玄關大廳的倉庫後，輪堂鴉夜依然充滿精力地活動（不對，實際上行動的是津輕）。壞掉的鎖頭、引

2〈轉失氣〉為日本古典相聲中的故事。有個和尚生病請來醫師，醫師問和尚：「您有轉失氣嗎？」不知何謂轉失氣的和尚假裝了解蒙混過去。後來和尚要小和尚去附近查，也沒人知道。最後小和尚去請教醫師，醫師說轉失氣就是屁的意思。小和尚回去後對和尚謊稱轉失氣指的是杯子。和尚因而在後日醫師來出診時要小和尚拿「轉失氣」給醫師看，鬧出笑話後終於知道真正的意思。

人注目的椿子的大小、沾血的指印等，全面仔細地觀察過後，儘管說著「沒有什麼特別的新發現呢」云云，還是滿足地離開倉庫。

然而，那滿足從何而來？蕾絲的內部在想什麼？戈達勛爵毫無頭緒……

「豈止是有一點奇怪。」

庫洛托到底是一副無法接受的樣子煩躁地搖晃身體。彷彿是進一步追擊，拉烏爾低聲說著「我也覺得他們不太可信」。

「這些人，來到城堡的時候不就想要騙車夫嗎？」

旁邊隔了個座位的馬魯克「咦」了一聲，縮著身子。

「啊，當時你在場呀？」

「算是吧。因為聽到馬車的聲音，所以我想看看偵探長什麼樣子就躲起來偷看了。就在……」

「那座快要倒塌的尖塔上面。」

津輕立刻插嘴。原本得意洋洋、嘴角上揚的拉烏爾，嚇了一大跳將臉轉向正對面的男人。

「你、你看到了嗎？你說謊。那距離那麼遠天色又那麼暗……」

「我呀，因為沒有老婆所以夜晚看得很清楚。」

津輕指著自己的深藍色眼睛這麼說出口的話語，無人知曉到底是不是認真的。拉烏爾一臉詫異，小聲地對兄長說著「這傢伙就像是吸血鬼」。

餐桌再度為沉默籠罩。戈達勛爵連忙補上「總、總而言之」延續交談。

「我認為他們是能幹的偵探。也沒別的人能指望，就交給他們試試看也無妨。」

「能幹的偵探呀……」

庫洛托以手托腮，瞥了鳥籠一眼。

「硬要說的話，我覺得看起來像是廉價的騙子。」

「哈哈哈，師父，人家說我們是騙子呢。」

「都是你害的呀津輕。因為你幹了想要騙車夫先生的事情。」

「全怪到我頭上我很傷腦筋呀。師父才是害小八心生恐懼呢。」

「我叫馬魯克！」

大聲訂正後，車夫像是突然想起什麼，滿是鬍子的臉問道。

「對了，鳥籠老爺，剛才您怎麼會知道娜塔莉的事？我明明什麼都沒說。」

「老爺……你覺得我看起來像男的嗎？」

「您、您看來既不像男人也不像女人。那麼鳥籠……小姐？」

「不要用疑問的語氣。」

正當鴉夜與馬魯克進行著低血壓對話時，另一方面庫洛托則是詢問弟弟「娜塔莉是誰？」。拉烏爾皺起宛如拖把的厚重瀏海下隱約可見的眉毛，向家人們說起親身經歷。

「那個鳥籠，從馬車下來的時候跟車夫說了很奇怪的話。什麼去酒館挨太太罵所以在戒酒……」

「要說為什麼會知道，我想剛剛我也說過了，就是看你的衣服就知道了。」

津輕配合鴉夜的話語提高鳥籠，挪動讓正面對著餐桌的角落。同時戈達勛爵等人的視線，也集中到坐在角落的滿臉鬍子的男人身上。

「你的背心，腹部的部分褪色了，針腳也粗。因為就只有那個部分時常弄髒，每次都要搓洗。沾到腹部的汙漬，原因應該是食物或飲料吧。你常將料理灑到衣服上。長大的成年人會出現這種舉動，就只有喝得非常醉的時候。所以你有愛喝酒且喝得很醉的壞習慣。背心對你來說應該是唯一一件工作服，可是你卻沒有脫下來就去喝酒，意思就是你結束工作後順道跑去酒館。你在酒館每天喝得醉醺醺的，弄髒衣服後返家。然後尊夫人替你洗衣服。沒錯，想必你是有太太的人。雖然鬍子打點得粗糙，但你穿的襯衫領子乾淨，扣子也有重新縫好的痕跡。因為尊夫人個性一絲不苟，每次都好好地替你燙平縐褶縫補扣子。」

對著嘴巴張得大大的馬魯克，鴉夜繼續說道：

「觀察背心其他部分的汙漬，最後一次清洗應該是大概一個星期前吧，腹部沒有沾上新的汙漬。也就是說你這一個星期沒有喝酒，就是沒有到酒館去的意思。為什麼呢？你看起來身強體壯，應當沒必要注意身體。那麼就是有人強硬地要你別喝酒了。那是誰呢？最有可能的，就是已經厭煩持續幫爛醉的丈夫清洗髒衣服，一絲不苟的太太之類的人。她不是個非常周到的好女人嗎？你該好好珍惜。」

聽到「我說完了」的聲音，馬魯克彷彿鬆了一口氣，重重倒向椅背。

與方才的沉默性質不同的短暫安靜，在餐桌上流竄。戈達勛爵聽到餐桌四處傳出嘆息般的聲音。阿爾弗雷特用力吞嚥唾液，拉烏爾將湯匙送至嘴邊的手停了下來。似乎不能完全理解的夏洛特，東張西望家人的模樣。

「真厲害。」

可能是終於死心了吧，庫洛托搖搖頭。

「只是看一眼就能知道這麼多訊息……讓我想起倫敦著名的偵探。我記得是叫做夏爾爾，不對，是雪洛……」

「夏洛克・福爾摩斯。」

一直保持沉默的靜句突然說話，庫洛托尷尬地回答「對」。

「和福爾摩斯先生相比，我真是羞愧。」鴉夜說。「我沒有他那麼天才。」

「妳見過他嗎？」

「沒有，我不曾直接見過他。可以的話我希望一輩子都不要見到他。聽說他是個怪胎。」

「沒問題的啦，師父。比師父還怪的人，這個世界中就是找不到第二個的。」

「你明明是徒弟，卻只會講讓我聽了不高興的話。」鴉夜向津輕抱怨後，說：「好了，如果能讓各位判斷我們並不是騙子，我也想回到偵探的工作了……戈達勛爵，我有幾件事想請教您。」

「什麼事？」

「漢娜夫人遇害那晚的事。」

氣氛才剛開始暖起來的餐桌，瞬間恢復鴉雀無聲。

戈達勛爵有種在玩具箱內遭到搖晃的感覺。輪堂鴉夜的一句話，就能隨意擺布他往東往西。

「屍體發現的時間是一點半過後吧。那一天，各位也是在零點時像這樣吃中餐嗎？」

「對……城堡裡所有人一起吃。」

「所謂所有人，就表示漢娜夫人也在吧。」

「這是當然。」

「午餐大概何時結束？」

「零點半左右吧。」

「就是發現屍體的一個小時前吧。夫人吃完飯後在哪裡做了什麼事？」

「跟平常一樣，她說要回房休息片刻。我到二樓的書房，和庫洛托講話……」

「有哪位在午餐過後見過漢娜夫人的嗎？」

機靈的津輕，移動鳥籠轉了一圈讓鳥籠環顧室內。城堡裡的人們只是面面相覷，無人出聲回應。

「那麼，戈達勛爵，我想請教您本身的事。午餐過後您是和庫洛托在一起嗎？」

「嗯，是的。我跟他稍微談了一下城鎮的經營管理。夏洛特也跟著我們，在會客室沙發那一區玩。後來因為已經一點了，我就和他們兩個一起離開書房，在玄關大廳前面與他們道別。因為每個星期一的那個時間，我都習慣出門打獵。我想順便試試剛收到的獵槍，於是從倉庫拿槍出來……我想我應該和您說過了，當時倉庫內沒有任何異狀。」

「我知道。」

「那麼，凶器被拿走，夫人遇襲，都是在那之後的事情了吧。」

單手拿著叉子的津輕補充。

「大概是吧。戈達勛爵，後來您做了些什麼？」

「我想想……」

戈達勛爵娓娓道來三天前夜裡的行動。

走出城外還不到一分鐘，就聽到拉烏爾說「我也要去看植物」，一副怕冷的樣子追了上來。在森林裡父子倆始終一同行動。雖然用槍射擊了三發子彈，但皆未打中獵物。

「那是怎樣啦，都沒打中。」

厭煩地插嘴進來的是庫洛托。

「庫洛托，你說的是什麼意思？」

「沒有啦，因為我在房間裡的時候聽到了槍聲。來自森林深處的三次槍響。我還以為父親應該打中了獵物……」

「你覺得聲音聽起來是來自森林深處嗎？嗯，這還真吸引人。」

是什麼讓人那麼注意呢，鴉夜深思過後——應該是說，像是深思般地讓聲音含糊不清。

「對了，剛才你好像是說『我在房間裡的時候』，你和父親分開後做了些什麼？」

「因為我沒有什麼要做的事情，所以就回自己的房間去了。在聽到父親的喊叫之前我都是一個人。」

「沒有和令妹在一起嗎？」

「夏爾我塞給吉賽兒照顧了。因為她一直要我唱歌煩死了。」

「可以了。那麼，接下來我要請問拉烏爾。你從一點開始和父親出門打獵。吃完中餐後到打獵之間的三十分鐘，你在哪裡，做了什麼？」

「為什麼要問這個？」

愛鬧彆扭的次子，沒有馬上回答的意思。

「觀察，打聽，思考是我的工作。所以我現在在請教你。」

「意思就是，妳在懷疑我們吧？」

語氣毫無膽怯，拉烏爾瞪著鳥籠。戈達勛爵嚇了一跳抬起臉來。

「輪堂小姐，難道您覺得殺了漢娜的凶手就在我們之中……」

「我現在就是這麼想的。」

餐桌氣氛再度緊繃。這次的沉默遠比先前的任何一次來得沉重強烈。城堡裡的人們表情結凍著，只有眼珠動了動彼此互看。自己這些人遭到懷疑？凶手在這群人之中？戈達勛爵忍不住帶著苦笑搖頭。

「怎、怎麼可能？哪有這麼愚蠢的事……」

「好了，拉烏爾，可以請你告訴我嗎？」

毫不在意，鴉夜重複問題。音質比剛才更多了點壓迫感。

「如果你答不出來，我就判斷是因為你有不能說的理由。」

「……我和哥哥相反。我直到一點都待在自己的房間裡。可是，案發的時間我都和父親在一起，我不是凶手。」

「但是，戈達勛爵確認過倉庫後到你出城去，這當中有一點點的空檔。」

「就算吸血鬼動作再怎麼迅速，也無法在一分鐘內殺人。」

「這是當然。我只是在忠實陳述證詞而已。對了，剛才我聽戈達勛爵說過，你的房間是在案發現場的正對面。你待在房間的時候，有沒有聽到對向有什麼動靜？」

「沒有。我什麼都沒聽到。」

「這樣呀。謝謝你的配合。那麼，接下來我要請教吉賽兒小姐。」
或許是沒料到矛頭會指向自己，年輕女僕發出痙攣般的聲音。
「什、什、什麼事？」
「請問您在零點半午餐結束後，在哪裡做了什麼事？」
「我、我在午餐過後，獨自在廚房收拾善後，一點時到洗衣房去……每天，都是這樣。」
「庫洛托說他把夏洛特小姐交給您照顧。」
「對、對的。我在去洗衣房的路上遇見他們。夏爾小姐一臉無聊的樣子，所以我邊洗衣服邊唱歌給她聽。」
「連我的房間也聽得到歌聲。」
帶著苦笑，庫洛托發牢騷。
「你的聽覺真是敏銳呀，庫洛托。我愈來愈喜歡你了。那麼，吉賽兒小姐，所以妳從一點到案子被發現的那段時間，一直和大小姐在一起對吧？」
「我記得，我去了一趟廁所。不過，只有一、兩分鐘。除此之外我一直和大小姐在一起。」
沒有把握地回答過後，可能是後悔老老實實地講了太多話，女僕漲紅了臉。鴉夜則只說了句「原來如此」。

「夏洛特大小姐，她說的是真的嗎？妳在三天前，和庫洛托分開之後，就一直和吉賽兒小姐在一起嗎？」

無情鳥籠的正面，轉向四歲女孩。年幼的吸血鬼似乎一時感到困惑。

「……嗯。我跟吉賽兒，一起唱歌。」

不久後看了看站在後方伺候的女僕，回答了這麼一句話。單就她能聽懂問題這一點，可說是答得好。

「好，謝謝妳的回答。那麼，最後是阿爾弗雷特先生。請問您在午餐過後，在哪裡做了什麼事？」

津輕將鳥籠轉向靜句左邊的座位。連資深管家也有些微不安，無力地回答：

「我到地下的辦公室去，調整老爺的行程。除此之外，沒有做別的事……」

「也就是說，您一直是獨自一人嗎？」

「正是如此。」

「您在辦公室的時候，有沒有聽到什麼聲音？」

「沒有，完全沒聽到。」

「謝謝您的回答。」

只用聲音禮貌地道謝後，對城內成員的詢問結束了。

津輕將鳥籠恢復成原本的角度，鴉夜統整結果。

「好了。這樣一來，一點過後沒有不在場證明的就縮小範圍到兩個人了。一直關在辦公室裡的阿爾弗雷特先生，以及待在自己房間的庫洛托。」

「豈、豈有此理！」

「喂喂喂，饒了我吧……」

「輪堂小姐，請別這樣！」

被指名的兩個人以各自的方式表達憤慨，戈達勛爵也激烈反駁鴉夜。

「庫洛托不可能殺害母親。而阿爾弗雷特也跟隨我這麼多年了，他和獵人那樣的其他人類不同！」

「戈達勛爵，我剛才應該已經解釋過了。這個案子，如果下結論是來自外界的襲擊，令人無法接受的地方太多了。」

「那個是……可是，即使如此……」

這時響起「鏗」的聲音。

那是受不了緊張氣氛的夏洛特，放下湯匙的聲音。跳下椅子繞過餐桌，么女一臉煩悶往走廊跑去。

「啊！夏洛特小姐！」

吉賽兒捲起圍裙，一溜煙地追了上去。自言自語「我受夠了」後，庫洛托也從座位起身。拉烏爾一動也不動地視線向下看著已經空了的盤子，馬魯克則似乎是覺得難受而縮著身子。

最後替午餐結尾的，乃是津輕「承蒙招待」的輕浮聲音。

「剛才的熱水真是好。」

「這說法好像是人在泡澡呢。」

「不，我的意思是這熱水很好喝。不過和吸血鬼一起圍繞餐桌用餐還是第一次呢，雖然是獸血，但是那樣裝盤感覺就像是高級料理，真是不可思議。說是血厚於水，也許其實味道挺好的。」

「要那樣說的話應該是血濃於水吧。」

「濃？鯉魚我不太吃，畢竟有腥味。」(註3)

「血也一樣有腥味呀。」

「對哦，怪不得血比水更腥。」

「只要跟你一開始就沒完沒了。靜句，妳說說話呀。」

「請死了去當鯉魚飼料吧。」

「妳、妳太冷淡了，而且好無情……」

午餐過後，離開氣氛變得極為尷尬的餐廳的偵探一行人，在居館的走廊步行。拿著

3　日語的「濃」與「鯉」發音皆為koi。

鳥籠的津輕，還有揹著如長槍的行李的靜句。映在牆上的影子只有兩道，交談的聲音卻是三人份。

「對了，師父。搜查的進展如何？」

「基於事實進行邏輯推理的結果，有兩個矛盾的條件互相牴觸，目前我正在研究。」

「搞不清楚呀。」

「對，就是搞不清楚。你很懂嘛。」

「可是，剛才師父明明說得那麼得意。」

「我說話也有部分的目的是調查不在場證明，不過幾乎都是在爭取時間。我一直在觀察城堡裡的人們。結果卻出乎預期。」

「……？」

津輕轉向靜句，露出「怎麼回事」的表情。靜句似乎也沒有頭緒，面無表情地歪著頭。

「好了，該怎麼辦呢……總之，靜句。」

被喊名字的女僕敏捷地回過頭。

「是的，鴉夜小姐。」

「妳去監視那兩個傭人，特別是那個女僕。」

「要是她意圖逃跑呢？」

「我想應該不會，但要是有個萬一妳就困住她。」

「遵命。」

以簡短話語回應並恭敬地鞠躬後，靜句轉身返回餐廳。一邊對她揮手，津輕一邊詢問提高到胸口附近的鳥籠：

「傭人是凶手嗎？」

「現階段是最有嫌疑和第二有嫌疑的。不論如何，其他人要行凶很難。戈達勛爵和庫洛托都是……」

「妳說我是什麼？」

走廊深處傳來聲音。

津輕回頭，庫洛托本人正靠著牆等著。和方才用餐時截然不同，蒼白的臉沒有浮現任何表情。

「哎呀你好呀。心情如何？」

「偵探，你們錯了。」

沒有回應招呼，他步步進逼。

「我沒有殺母親。」

「哦。」

「意思就是，我不是凶手。」

「哦哦。」

「你們這是徒勞無功。」

「真不湊巧我還不累身體不痛。」

靠近到鼻尖幾乎要相碰的距離的庫洛托，瞪著津輕的眼睛。

「那就……現在開始可能會痛吧。」

他揪住津輕的前襟，使勁將津輕壓在牆上。

「砰」的一聲，沉沉的重低音迴盪在整條走廊。突然受到撞擊，牆壁的石頭產生裂痕，原先積累在縫隙內長達五世紀的塵埃滿天飛舞。庫洛托按壓著對手，接著拖拉摩擦著將那隻手往上移動。津輕的雙腳離開地面。

「不要得意忘形了。我老爸雖然在宣誓書簽名，可是我沒放棄當吸血鬼。」

「……」

「我可以輕輕鬆鬆折斷你的脖子。」

「我會銘記在心的。」

脖子被勒住的津輕，回應雖帶著痛苦呻吟之感卻毫無畏懼，甚至連嘴角的微笑都沒有消失。

似乎是感到掃興，庫洛托一副「我一定會再揍你的」模樣鬆開手，皺著眉頭沉默地消失在黑暗中。津輕和剛才送走靜句時一樣，對著庫洛托揮手。

然後一邊拍著大衣上的灰塵，一邊問道：

「師父，您沒事吧？」

「雖然有點晃，不過和來的時候在馬車上嘗過的地獄相比，還算可愛。」

「哈哈，那個真的是夠了。即使如此我們還是被威脅了呀。」

「是被威脅了。」

「他呀，是凶手嗎？」

「那麼斷定的話就不知該說什麼了……因為他的手乾乾淨淨的。」

聽了鴉夜的低語，津輕忍不住看看自己包在手套內的手掌。

「這次開始看手相了呀。這樣子就是真的打算不當偵探囉。」

「要不要先買好水晶球呀……用餐時，我一直在注意觀察吸血鬼們的雙手。但是戈達勛爵、長子、次子，還有那個可愛的么女，每個人的手都乾乾淨淨，沒半點傷。」

「然後呢？」

「然後就跟剛才說的一樣，『搞不清楚』。」

「傷腦筋。」

「真的是這樣。接下來該怎麼行動……」

雖然說著「傷腦筋」，雖然剛剛才受到吸血鬼威脅，但那聲音感受不到焦慮。

像是大致思考一遍發出輕笑的嘆息後，好事的鳥籠決定了搜查方針。

「首先，先去找那個吧。」

7

慌慌張張泡出來的紅茶，看樣子似乎太濃了。起波紋的水面和雇主他們飲用的血液的顏色非常類似，自己映照其上的臉明顯一籌莫展。平常很在意的粗眉這時宛如亂動的蠕扭曲變形，操心的事超出容忍範圍太多了。

殺人案的事，留下來的夏洛特小姐的事，洗衣的事，打掃的事，剛才的餐桌，充滿謎團的說話鳥籠……以及現在，站在牆邊的這名女子。

「請、請用。」

「謝謝。」

女僕吉賽兒遞出茶杯與托盤，對方女僕馳井靜句輕輕低頭回禮。儘管接下，卻一點兒也沒有要喝的意思。

吉賽兒和坐在對面的阿爾弗雷特彼此互看。明明沒喝下太濃的紅茶，他還是一臉不滿意。廚房旁邊設了間簡單的傭人房。雖說是傭人的休息室，但連靜句也跑過來則是完全意料之外。

「請問，妳也是東洋的人吧。一直和他們在旅行嗎？」

「是的。從日本出發後我一直跟著他們。」

阿爾弗雷特一問，靜句立刻以流暢的法語回答。

「一直跟著他們是嗎？那可真辛苦……要不要坐下來？」

「不必了，請不必客氣。」

吉賽兒雖然拉開椅子，卻遭到堅定拒絕。冷冰冰的空氣充滿房間。

這個人，為什麼要到這裡來呢？至少看來並非是到這裡開心閒聊的——沉默之中，吉賽兒斜眼看了看靜句。

不同於自己這身黯淡穿舊的藍色制服，她的衣服沒絲毫縐褶。臉蛋也十分工整，在這國家陌生的黑色眼眸令人印象深刻。然而和這外貌不相襯的，宛如鐵塊的氣息是怎麼回事？插在圍裙打結處的長條狀行李也是來路不明。年紀看來雖是相仿……

「妳當傭人很久了嗎？」

「從我出生開始就是傭人了。」

難以判斷該如何解讀這回答。吉賽兒一邊同樣地附和「那、那真是辛苦了」，一邊喝了一口杯裡的紅茶。唉，果然太濃了。

「我覺得兩位還比較辛苦。」

突然，靜句說道。聽到她主動開口這恐怕是第一次。

中年管家與吉賽兒再度對看，像是在互相確認自己的「辛苦」。

「我也不曉得是不是辛苦。的確只能在夜晚活動的生活是有點難受，但放假外出還是能晒太陽，老爺也不是可怕的吸血鬼……總之，持續工作二十年之久也習慣了。」

「我是第四年，還沒習慣就是了。雖然已經很擅長從野獸放血。」

「哈哈哈，只有在這戶人家才能鍛鍊出這樣的專長呀。」

笑著的同時，阿爾弗雷特看了看牆上的時鐘。

「已經一點了嗎？我得去書房才行……」

「不行。請您留在這裡。」

靜句毫無畏懼的聲音制止了準備起身的管家。

「我收到吩咐要和兩位在一起。」

「咦……可是，我和老爺有工作的行程……」

「說到老爺。」吉賽兒說。「剛才他和真打先生一起去西邊的森林了。」

「咦？去做什麼？」

「不曉得。真打先生笑著說要去找東西。」

「找東西？那個男人到底是怎麼搞的……啊，不好意思。」

將不滿脫口而出的阿爾弗雷特，看到牆邊的靜句立刻噤口。

「不好意思，我不小心就說了妳的主人的壞話。」

「沒關係，請別在意。我並沒有在服侍那種嘻笑胡鬧爛透的人渣冒牌相聲藝人混帳。」

本來以為大概已是冰冷到極點的房間空氣，又掉了兩、三度。

面對愣住的吉賽兒他們，靜句一臉滿不在乎地喝了一口過濃的紅茶。

「我服侍的，只有輪堂鴉夜小姐一個人。」

「哈啾——！」

覆蓋住月光加深了黑暗的枝葉，以及樹木深處飄來的潮濕空氣。彷彿是要破壞這樣的氛圍，暗夜的森林迴盪著愚蠢的聲音。

「怎麼了津輕？感冒了？」

「沒有啦，好像有人在用非常尖酸刻薄的話說我，讓我突然全身發冷……」

「因為現在變得很冷，可能影響到身體了。要不要回去？」

「不了不了，沒關係。」

即使受到爽快推辭，憨厚的紳士戈達勛爵也不得不擔心客人的身體。仔細一看這位真打津輕，大衣底下也沒穿厚重衣物的樣子。進入森林後過了三十幾分鐘，自己雖是沒有穿著防寒衣物外出也無所謂，但對普通的人類來說這環境應該頗為嚴酷。

「真的沒事嗎？雖說還不到下雪的季節，不過這一帶夜晚氣溫會降到冰點以下喔。」

「請別擔心我。比起冬天的函館這裡還溫暖得多。」

「函館？」

「日本北邊的地方。熊都在亂跑。」

「啊，這麼說起來我記得兩位是從日本來的……」

鴉夜且不論，津輕的樣貌也和東洋人相距甚遠，所以一不小心就會忘了。

「不過您的法語說得真好。我以前在奧地利的時候，為了學習異國語言吃了很多苦頭。」

「因為師父說這對旅行是不可或缺的，硬是灌輸我。」

「你在說什麼呀，津輕。我才沒有灌輸你。」

「是這樣嗎？」

「我沒辦法強迫你做什麼。因為我是個替徒弟著想的和善師父。」

「哎呀，這次我可輸一分了。」

「呵呵呵呵。」

「哈哈哈哈哈。」

這時不適宜的笑聲再度衝出提燈能照亮的範圍，沒入黑暗。

「先不管玩笑話，這位津輕明明是個蠢貨——不，正因為是蠢貨，所以腦子才好塞東西進去。半年就大致都記得了。」

「哦，半年就學會法語了嗎？」

「只有法語還算輕鬆，但是其他德語、英語、西班牙語、葡萄牙語、義大利語、希臘語、瑞典語還有荷蘭語……呃，還有什麼呀？」

「匈牙利語。你自己都忘了到底學到什麼，我還真不知該說什麼。」

鴉夜從鳥籠發出厭膩聲音的同時，戈達勛爵在懷疑自己的耳朵。

剛才津輕說的一大串，幾乎就是所有歐洲正在使用的語言。半年就全部學會了？十幾個國家的語言？

還有，另一點令人在意的地方。

津輕說語言是師父教導的。要教導別人什麼，意思當然就是負責教導的那一方已經事前學會了那方面的知識。

這麼一來，在那東方的小國，能夠完全網羅、理解和使用西歐十幾國語言的他的師父——輪堂鴉夜究竟是何方神聖？此外，還對助手施以斯巴達教育然後遠渡重洋來到歐洲，這樣子到處旅行到底是為了什麼？要從事偵探業，在日本應該就足夠了吧。

尚・度舍・戈達的腦海中，對這組客人的疑心再度抬頭。助手所言的字字句句是認真或說笑難以判斷，至於偵探自己說來也是真實身分不清不楚。搜查確實有道理，可是白色蕾絲的深處鴉夜在想什麼依然不明確，午餐時甚至落得連家人都遭懷疑的下場……

「輪堂小姐，我想在這裡把話說明白。」

「什麼事？」

「凶手不在城堡裡的成員之中。」

戈達勛爵朝著鳥籠說完，津輕立刻止步。應該是踩到枯枝，腳邊響起乾燥的聲音。

「我可以斷言，城堡裡沒有殺害母親，也殺害雇主妻子的人。請您不要做出用不必要的懷疑動搖我家人內心的舉動。雖然是吸血鬼，但我的孩子們還年幼，他們的精神狀態和人類一樣。夏洛特那個反應您也看見了吧？拉烏爾從案發後就一直關在房裡，就連庫洛托也是表面看來平靜，但內心一定是大受打擊。傭人他們也是如此。」

他在心中低語「而且我也是」。

「既然您也看過那張照片，那麼應該能直覺到吧？那種殺害方式是從以前開始就常見的吸血鬼獵人的手法。曾經和他們交手過好幾年，我說的不會有錯的。是我提出委託卻還有這種要求實在是說不過去，但希望您能用一般常識的角度進行搜查……」

「我當然是以一般常識的角度進行搜查。我只注意理所當然的事情。」

「咦？」

「您上個星期被獵人偷襲的地方就在前面對吧？我們快點過去吧。」

聽到鴉夜的話語，津輕再度邁開腳步。應當是在前方領路的戈達勛爵反倒落後了。

戈達勛爵訂正剛才的句子——不只是助手，偵探的言行也是到處移動變化，搞不懂是怎麼回事。

「不過，您還真是替家人著想呢。」

用雙腳撥開枯葉海，津輕笑著說。

「該說是替家人著想還是什麼呢……我不想再失去更多家人了。就只是這樣而已。因為，我已經失去得夠多了。」

「您是說漢娜夫人的事嗎？」

「她的事也是原因之一……但在我來到這個城市之前，已經碰過三次家人遭殺害的事情了。」

津輕只回了一聲「哦」。是早就聽說過，或者只是聽了也不為所動？

「無聊的故事就是了。」

說了開場白後，戈達勛爵開始回想。

「第一次是我年輕的時候，說是這麼說也是一百年以前的事了。那時我在勃艮第地區和家人一起生活。家父被敵對的吸血鬼殺死。後來因為家裡變得衰敗，不得不逃往國外。在漫長旅行途中，家母和舍妹被獵人殺害，結果剩下我一個人……這是第二次。」

「真是禍不單行。」

「活得久就會碰到很多事吧。」

生硬附和的助手，還有了然於心這麼說的偵探。

「第三次是最慘的。大約距今五十年前。我移居到奧地利去，結婚重建家庭，過了一陣子安穩的生活。但是某一天，和同族之間的口角成了導火線讓我再度失去一切。對方是個名叫卡蜜拉的吸血鬼，兩位聽過嗎？」

「沒聽過。師父呢？」

「我第一次聽到這名字。」

「在我們這族裡面是個有名的危險人物。一開始是對小女下毒手，然後接連對付我的家人……我雖然死命抵抗，但那傢伙強得厲害。」

戈達勛爵的眼底深處，浮現最後見到的卡蜜拉身影。以燃燒的宅第為背景，獨自佇立的吸血鬼。後來就沒消息了，但也沒聽聞那個吸血鬼被打倒，也許依然在什麼地方凶猛地活動著。

「所以您回到故鄉去？」

「是的。我在深山裡偶爾襲擊小村子同時愁悶度日，那時偶然認識了漢娜。以當時來說，她面對吸血鬼十分誠懇簡直難得一見。」

在名門父親身邊獨自學習法律的漢娜，是個善於展現所知，彷彿將知識灌入那纖瘦身體的全身上下，洋溢著朝氣蓬勃的熱情的女子。當時，乃是不敢處理怪物相關問題的各國政治人物正式開始籌備「宣誓書制度」的時代。漢娜的研究主題也是關於怪物與人權，或許是多次田野調查的恩賜，從邂逅戈達勛爵之前開始，她就絲毫沒有對吸血鬼抱持敵意。

雖非美女與野獸般的羅曼史，但兩人沒有花多久時間便認定彼此。漢娜為戈達勛爵具備的豐富知識吸引，戈達勛爵則為漢娜訴說的理想吸引。

——人類和怪物可以共存。能夠一起生活下去。

宛如口頭禪，漢娜那麼主張，彷彿是為了實踐理想，主動成為吸血鬼之妻。法國也成立宣誓書制度，是在他們結婚四年後的事。

「那時我也開始覺得吸血鬼這樣下去不行，所以並不抗拒在宣誓書上簽名。全世界怪物的數量正在迅速減少。就我聽說的，日本也在開放和外國交流後進行過大規模驅除……」

「您說的是『掃蕩離奇』吧。」

鴉夜回答。

「是在三十年前左右開始的，打著文明開化的旗子，只要冠上妖怪或是怪異一類名號的對象，幾乎全都被殺光。因為日本的國民性就是一旦行動就會異常認真做到底，所以成了徹徹底底的掃蕩。」

「歐洲也有類似的情況。假如持續敵對，遲早吸血鬼或狼人也會重蹈覆轍吧……如果所有人都能領悟到共存之道就好了。」

「共存，嗎？」

「是的。人與怪物應當能一起生活。我們家就是證明。」

戈達勛爵在弔唁的另一面，以強力的話語重複妻子的主張。津輕說了句「真了不起」深深欽佩地點頭後，說道：

「可是，我想吸血鬼沒那麼簡單就滅亡。」

「沒這回事。雖然得到怪物之王的稱號，但我們並非那麼優秀的種族。不同於人類，我們沒有定期吸血就活不下去，最重要的是只要接觸陽光就會被活活燒死。」

「可是身體的強度很不得了。」

「確實這個肉體是很方便……即使心臟被刺中也不會死，手臂斷了只要有兩天時間就能漂亮地再生。但並非萬能。只要碰觸銀就立刻受傷。」

「哦哦——！」

突然，鴉夜以劃破黑夜的高亢聲音大叫。徒弟與戈達勛爵都大吃一驚轉向鳥籠。

「怎、怎麼了嗎？」

「沒有，沒什麼事。我認為吸血鬼的再生能力的確非常完美。之所以為怪物之王的原因就是在這裡。」

「是、是呀。」

話雖如此，是值得這樣大叫的事情嗎？

「但是，在再生能力方面，我們並不是第一名。還有更勝我們一籌的種族。」

突然，想起難以置信的某事，戈達勛爵看了看來自東洋的旅人。

不曉得已經幾年了，是父親依然健在時聽過的傳聞。

「既然兩位生於日本，可能知道吧。絕對不會死的怪物的事情。」

津輕再度停下腳步。接著看向在頭頂上伸展開來的粗樹枝，說了聲「啊」，豎起食指。

「我曾偶然聽說過，那是叫做『不死』吧。」

「不死，呀。」

「這個詞在日語當中指的是『不死之身』的意思。這樸實的名字我也不太喜歡，不過要說正確倒是正確無誤。傳說是世界上只有那麼一隻，外表和人類相同但其實是長生不老，不朽不滅，絕對不會死而且也不會老不會衰敗，不會有任何不利狀態的怪物。據說年紀將近千歲。」

「千歲……那可真厲害。」

第一次聽聞具體的年齡。足足超越了在歐洲被視為「不死之身」代名詞的吸血鬼的壽命兩倍。

「據我聽家父說過的，那不死不論受了多重的傷都能立刻再生。」

「似乎是如此。聽說就算是斷頭啦身體四分五裂啦被炸得粉碎啦，也只要叫一聲『啊』的時間就能復原。真令人羨慕。」

「銀或聖水都沒用吧。」

「那些對吸血鬼有用，對不死是沒用的。而且日本那邊沒這種文化，即使拿出來使用，也只會因為滑稽至極落得遭人嘲笑的下場吧。」

「只是偶然聽說的事情你還挺清楚的呢。」

鳥籠裡鴉夜插嘴。徒弟聳了聳肩。

「除了師父教我的，其他的東西我都記得很清楚。」

「平常應該是相反吧。既然如此我再教你一件事吧。戈達勳爵，那個不死怪物也是現代童話故事的產物。我認為早就死了。」

「咦……可是，明明沒有方法能殺死呀。」

「津輕說的是狀態好的時候，老實說殺死不死的方法只有一個。儘管斬首、爆破、飢餓、老化、純銀、聖水這些都沒效，但不死絕對不是不會死的。只有一個東西能殺死他。不對，與其說是一個，不如應該說是一種吧。」

「能殺死不死的……是什麼？」

「就是鬼。」

鴉夜回答了一個陌生的詞彙。

「鬼？」

「換成這邊的說法就是惡魔或魔鬼。在日本意思是地獄的使者。這樸實的名字我不太喜歡，但要說正確倒是正確。」

說完和徒弟類似的話語後，鳥籠解說起那「鬼」的外表。身高幾乎與人類相同，虎背熊腰。有牙齒和爪子，有的個體還長了角，依賴本能行動，襲擊的對象不分人獸。

「我覺得，聽起來確實是和這邊的魔鬼或食屍鬼類似。那個鬼，為什麼能殺死不死？」

「因為不管怎麼樣，鬼都能讓再生能力失效。目前已經知道鬼的細胞對所有的怪物，皆具備絕對優勢的攻擊力。」

「絕對優勢？」

「不久以前，日本有個叫做平賀的有趣男人，儘管還在鎖國，那傢伙卻從全世界收集怪物亂七八糟實驗一通。他把歸納結果寫了一本叫做《百鬼百考》的書證明了這一點。那本書說不論是再生能力多強的生物，現存的生物裡沒有鬼傷害不了的。也就是說，只要一般的攻擊就能生效。怪物被鬼毆打出血或是剜心就會死。」

「就算是吸血鬼也是嗎？」

「當然。」

鴉夜的回答十分輕盈，十分自然，正因為如此，戈達勛爵就不認為鴉夜是在欺騙不了解日本情況的他。

「即使面對不死，那種能力也是有效的，所以鬼能殺死不死。簡單來說，不死是最強的防禦，鬼則是最強的攻擊。怪物世界的強弱關係遠比人類社會更符合邏輯得多了。要是最強的矛與最強的盾開戰，贏的會是矛。」

「……」

往混沌的黑暗中前進，戈達勛爵再度說出那個奇怪名稱的發音。

鬼。地獄的使者。

「從死之國直接來的使者，不死也好其他的怪物也好，應該都贏不了吧。日本人的取名品味似乎有點奇怪呢。」

「這就是所謂的日本主義呀。」

鴉夜以諷刺般的口吻說道。

「可是有趣的地方是，鬼並不是所謂的最強的生物。」

「怎麼說？」

「鬼雖然在攻擊力方面是最強的，防禦卻很弱。身體確實強韌，但再生能力跟人類差不多。面對子彈或炸藥一下子就倒了。而且最重要的是，智力很低。」

就像是食物鏈。戈達勛爵的腦海中強弱的關係圖畫成了圈。鬼能贏怪物，卻輸給人類的文明——

感覺有什麼在晃動遠方的樹木。大概是小動物，或者是鹿？

「那就跟那邊的野獸一樣。」

「正是如此。鬼的身體顏色醒目，所以被人類抓出來，在掃蕩離奇時已完全滅亡了。」

「現在，保有完整形體的鬼一隻不剩。實在是諸行無常。」

津輕說道，鴉夜也發出「呼呼」的怪聲。微風在森林裡穿流，幾片葉子飛起。戈達勛爵以寂寞的雙眼，沒來由地追著葉子的去向。

宛如一切都隨風而逝。

東方也好西方也罷，怪物的時代正在終結。

「這樣呀。果然，現在開始是人類的……」

閒聊在這時中斷。

聽見彷彿響鈴餘音般的「咿——」的聲音。有什麼要來了。與察覺到異狀幾乎同時，戈達勛爵將右手伸向身體側邊。一瞬間後，手裡抓著支短箭。

皮膚沒有燒灼感。不是銀只是普通的鐵。

「哎呀，是冷箭呢。」

以像是在說「下雨了呢」的閒適態度，津輕說道。好個完全不為所動的男人。

「是呀……看樣子提燈的光太亮了。」

戈達勛爵丟箭的時候連續傳來劃風聲，又射來了兩支箭。一支刺中近在眼前的樹木，另一支命中戈達勛爵的脖子。一面覺得悶痛，一面想著對方本領似乎還挺好的。

「真打先生，輪堂小姐，剛才關於吸血鬼的事情，我有點太謙虛了。」

他從大動脈用力拔出箭。幾乎沒有出血。發出噗滋噗滋的聲音，傷口眼看著迅速填平。

視線流向巨樹密集的森林深處，雙眼確實地捕捉到一個遠離的人影。

「我不會主動襲擊人類。但是，我會讓拿刀對著我的人深深體會到恐懼……即使腐朽了，我依然是『怪物之王』。」
將提燈往津輕一扔，戈達勛爵為了追襲擊者往上一跳。
津輕以戴著手套的手接到提燈時，早已不見戈達勛爵的身影。
背後，「沙沙沙沙沙」的極短滑動聲逐漸逼近。
伴隨被追蹤的明確感受，一邊踏過雜草，推開枝條，在泥濘的地面上差點滑倒，他一邊在夜晚的森林奔跑。原先就不認為用箭能打倒。從裝在左手的弩射出的三支箭，是為了引對方往這裡來的誘餌。
他在傍晚時一進入森林，馬上找到一塊枯葉覆蓋的小空地，在那設下了好幾個「陷阱」。也沒有什麼，就是獵人常用的彈力捕獸夾。只不過用來對付吸血鬼而加強了夾力，所以應該能製造出敵人兩、三秒的破綻。假如上了這道前菜後再打出主菜，勝利的一定就是自己。只要能將裝填於左輪手槍內的六發銀製子彈擊中敵人。
雖然敵人的速度似乎快過預期，幸好在被追上前就先抵達那塊空地。順利跳越過設置「陷阱」的地點，他從腰帶拔出槍，手指放在扳機上。銀製子彈儘管貴重，不過在這個距離絕對不可能失手。快來吧，怪物。緊急煞車，轉身準備迎擊——
就在此一瞬間。
擦得晶亮的鞋尖，從男人的警戒範圍之外——正確來說是斜前上方，以猛烈的力道衝入。

我、我飄起來了？為什麼？可惡，完蛋了，是在樹木之間跳躍移動嗎？這個跟猴子沒兩樣的可惡怪物。這樣一來陷阱不就沒意義了不對等一下沒關係的這個距離能夠輕鬆打中，伴隨聽來暢快的「喀喀」聲，雙手變輕了。被踢走的槍和弩飛過他的身邊。

啥？

出聲之前，胸部已經被重踢了。衣服底下穿著的鐵製護具，勉強只能發揮防止骨折的作用。直接被腳壓住狠狠地踩到地面上，感覺到帽子從頭部彈飛。結果他能發出的就只有「嗚咳」像是青蛙被踩扁時的呻吟聲。

疼痛得模糊的視野中，看見以右腳踩著自己，視線往下瞪視的敵人。瞳孔擴大的眼睛烙下強烈的印象。毫無疑問是吸血鬼的眼神。

「是你幹的嗎？」

「嗚……咦？」

「我在問你是不是你殺死內人的。」

雖然想大喊「不是我」，可是由於胸口遭到壓迫而說不出話。手腳掙扎。不行，脫不了身。

「算了。總之，你就接受報應吧。」

敵人平靜地說，右腳加重了力量。壓力瞬間變大，無比的重量襲擊而來。啊，不行了會沒命。他清楚領悟到自己的失敗。骨頭發出擠壓聲，意識遠去——

「稍～等一下。」

背後傳來滑稽的聲音，隨即響起「喀鏘」的金屬音。戈達勛爵回頭，獵人設下的粗糙陷阱啟動了，一旁真打津輕邊說「好危險呀」一邊以單腳跳呀跳的。

「真、真打先生，你是怎麼來到這裡的？」

自己用全速移動了數百公尺的距離。這個偵探助手再怎麼行動，應當都無法如此快速地追上來……不，現在比起此事，腳下這個愚蠢之徒更要緊。

「無妨，來得正好。我現在要殺了這傢伙。拜託你們之後作證我是正當防衛。」

「請恕我婉拒。」鴉夜的聲音這麼說。「這男人殺不得，我還有好幾件事情想問他。」

「殺不得？為什麼？他想要我的命呀！他一定是一邊等待時機一邊藏身在森林裡。是這傢伙殺了內人……」

「我認為他沒有殺漢娜夫人。這個男人，是今天剛到這個城市來的。」

津輕帶著的鳥籠，慢慢靠近依然在戈達勛爵腳下痛苦呻吟的褐髮青年。

「衣服的右手肘沾了些微的煤煙，還有帽簷底下。恐怕這男人是搭蒸汽火車來的吧。火車的窗邊常常堆積了煤煙或灰塵。他將帽子放在窗邊，長時間以手托腮。但是我們搭乘的東部鐵道保養得十分周到，窗邊也乾淨。他搭乘的是更鄉村那邊，清掃隨便的鐵道。放眼所見，他的背心和帽子都是德國製，掉出來的槍也是外流的德萊賽槍。你們不覺得他是花了好幾天從德國的偏僻鄉村來到這裡的嗎？」

「絲毫沒錯。」

移開戈達勛爵的腳，翻找青年衣服的津輕，找出某張紙片拿到提燈前查看。

「我從他口袋找到車票的票根。弗里德里希・弗朗茲鐵道，日期是三天前。」

「梅克倫堡嗎，三天前人在柏林以北的男人，要在同一天在這座城殺害夫人，就物理層面來說是辦不到的。他不是凶手。」

短短幾秒就證明了青年的清白。受鐵箭襲擊時，戈達勛爵雖然毫不慌亂，但對這兩個偵探感到的驚訝卻和方才的感覺是不同性質。他不由得語塞。

「就、就算是這樣，剛才他就是想取我性命。他是個罪犯。」

「他不是殺害尊夫人的凶手。光是這一點以證人的立場來說就夠了——喂，你！給我等一下不准跑！」

終於恢復意識想起身的男人，這次被津輕的腳踩住，再度趴在地上。

「是、是我不好。救救我！」

「你願意回答問題的話我就救你。首先，你叫什麼名字？」

「……約瑟夫。」

儘管露出懷疑聲音是打哪兒來的表情，男人還是回答了。

「你真的是德國人呀。在這裡的吸血鬼全都是『親和派』，你為何要動手？」
「我、我要幫雨果哥報仇。」
「雨果？是上個星期被戈達勛爵殺死的獵人的名字嗎？哦，你們果然認識呀。」
「沒錯……可是，他卻被這傢伙殺死了。」
約瑟夫瞪著戈達勛爵。在這種情況下即使被威嚇，戈達勛爵也不覺憤怒。
「話都是你在說。先偷襲我的是那位雨果。」
「怪物給我閉嘴！」
「你也乖一點啦。既然如此，你似乎和剛死去的雨果先生很要好。你本來就知道他鎖定戈達勛爵的事嗎？」
「大、大概半個月以前他曾經提過。我跟他說『對親和派出手不是很不妙嗎？』想要阻止他，他跟我說『我一定能成功所以沒關係』。可是三天前，我聽到他失敗的消息。所以我急忙趕來這裡……漢娜·戈達遭殺害的事情，我是到這城市後才第一次知道。我不知道是誰幹的。」
「你最後一次和雨果先生說話時，他是自信滿滿的嗎？」
「是的。他說他得到非常不得了的幫手。詳情他不打算告訴我，也不讓我參加……」
「其實你跟他沒有多要好吧？」
「煩死了！那個人是個很好的前輩！」

鴉夜說「我懂我懂」，提醒津輕別再講多餘的話。

「對了，約瑟夫，你知道雨果先生攜帶銀樁的事嗎？」

「咦……那個是銀製的呀？我還以為一定是木製的還是其他材質……」

頭還埋在枯葉堆裡，吸血鬼獵人露出感到意外的表情。

「你不知道那是銀製的嗎？」

「因為他總是放在皮革製的盒子裡……可惡，那個樁子就是王牌嗎？難怪我拜託他好幾次他都不肯讓我看。」

「你看吧，你們果然感情不好。」

「煩、煩死了啦！」

「你也很煩呀。已經夠了。津輕，腳可以拿開了。」

「請等一下，輪堂小姐。」

戈達勛爵無法接受般地大叫，但鴉夜態度冷靜。

「剛才我答應他，他肯回答問題就會救他。嗯，這次他應該深刻體會到自己和吸血鬼的等級天差地遠，而且看來他本來也沒有那麼討厭『親和派』。他應該不會再來偷襲吧。是吧，約瑟夫？」

搖搖晃晃站起來的獵人，被一喊名字更加驚慌失措。

「是、是誰在說話？」

「是誰都沒差。重要的是，假如你們敢再踏上這塊土地，他下次可不會手下留情了。」

順著這話，約瑟夫看了看戈達勛爵。視線中也包含家人們的憎恨，戈達勛爵狠狠地回瞪他。

徹底畏懼的青年，連武器和帽子都忘了撿起便往市區跑去。他應該會感謝神讓他這次逃走已經沒有被追殺的驚險。

「這種情況，再讓他多吃點苦頭比較好。」

踩踏枝葉的腳步聲遠去之後，戈達勛爵嘆了一口氣。

鴉夜「呵呵」笑了笑。

「別這麼說，就饒了他吧。我並不是看他什麼都可憐才放他走的，是他幫我們省了工夫才放他走當謝禮。」

「工夫？」

戈達勛爵看了一眼真打津輕，以及他右手提著的鳥籠。

森林裡，提燈照著的那身影，以吸血鬼的雙眼看來果然也是異樣，與方才相比毫無改變。只不過，蕾絲另一邊傳來的聲音，聽來和先前有了那麼一點點不同。

帶著彷彿卸下重擔，平靜與放心的感覺。

「已經沒有必要在森林裡四處奔走。戈達勛爵，我們回城堡裡去吧。然後請您集合所有人。」

以穩重的聲音，輪堂鴉夜說道。

「來了結這齣笑劇般的案子吧。」

8

位於居館二樓的書房，是間鋪了胭脂色地毯的舒適房間。靠牆擺放、圍繞房間的書架上是書籍或成綑的文件，讓人得以窺見城主悠長人生的日常用品收藏。燭臺自書架空隙探出臉，明亮地照著整間書房。雖然通往陽臺的落地窗以木板完全封住，不過能夠感受到城主不惜這麼做也要選擇此處當書房，使人心服的穩靜氣氛。

然而那位城主——尚・度舍・戈達勛爵，現在處於和這般氣氛完全無緣的狀態。他不是站在書房深處的書桌前，而是門邊的書架前，露出和背後裝飾著的印第安人偶不分上下的可怕表情。

集合至此的其他人也差不多。在角落全身僵硬、憂慮地東張西望的，是管家阿爾弗雷特與女僕吉賽兒。坐在放於書房中央，因為很少訪客而幾乎沒有使用機會的待客沙發上，坐著吸血鬼三兄妹——雙唇緊閉的庫洛托與拉烏爾，緊握抱枕邊緣不肯鬆手的夏洛特。

他們的視線前方有張桃花心木製的辦公桌，移走鵝毛筆和書立的那張桌子，上面由覆蓋蕾絲的鳥籠占據。

「妳剛剛……說什麼？」

庫洛托露出似乎就要撲上去的眼神問道。補丁大衣的助手倚靠桌邊，揹著神祕行李的傭人站在椅子後方，宛如護衛包圍著主人。

「我是這麼說的——殺害漢娜夫人的凶手就在各位之中，我接下來要證明這一點。」

鳥籠一重複，書房內立刻流竄沉默的不安，城堡裡的人各自臉上籠罩陰霾。吉賽兒發抖地搖頭，庫洛托咂嘴。

「我不相信。」

「你不相信也無妨。我只是希望各位能聽我說。我希望所有人聽了我的說明後，能夠認同我以其為基礎推出來的極為離奇的結論，乃是沒有歪曲、符合邏輯的事實。為此我已經準備好了。剩下的就是各位是不是準備好要聽我說。」

「……」

「庫洛托，就聽她說吧。」

對著兒子，戈達勛爵嚴肅地說。

「她說她已經有結論了。我就是為此才找偵探來。我認為我們有義務聽她說。」

「說是偵探，但這傢伙是鳥籠吧！」

「就算是鳥籠我也是偵探。這部分在餐桌時也說過了。」

「不能跟那個時候相提並論！被妳這種莫名其妙的傢伙懷疑，我哪能悶不吭聲！」

「就是說呀。不公平。」

拉烏爾插嘴道。和激動的兄長呈現對比，他即使在這種場合也保持冷靜。

「我們明明有問必答，可是偵探卻不露臉在那邊推理。這不公平。」

「對吧？沒有人會聽鳥籠的推理啦……」

「你們好像誤會了。在邏輯面前誰來證明都沒有關係。不管誰來算，二加二永遠一定等於四。就算來算的是貴族是窮人是小孩是老人是男是女是人類是機器是怪物，或是不露臉的鳥籠，答案終究是相同的。」

「即、即使如此妳——」

庫洛托還想說什麼，但鴉夜用「不過」打斷他。

「說不公平也有道理。我也不忍隱藏真實身分，單方面地滔滔不絕。現在已經沒有必要詢問證詞，我在各位面前露臉應該也沒問題。」

長子的臉瞬間沒了血色，恢復成原本的白色肌膚。其他原本垂著眼的人們，也一同凝視鳥籠。

鳥籠老樣子地喊了聲「津輕」，徒弟回應「是」，抓住蕾絲罩子的兩端。然後，緩緩地拿起。

無聲無息，罩子完全移開。

鳥籠一如戈達勛爵的預期，是黃銅吊鐘狀的標準樣式。正面的欄柵是附鎖的一大扇門，輪堂鴉夜就在其中。

無視充滿書房的戰慄，津輕將手伸向那扇門，「喀哩」一聲打開。沒有蕾絲沒有欄柵，阻隔之物全消失了。她終於在眾人面前露臉。

和津輕說的一樣，輪堂鴉夜十分美麗。豈止特別美，可以說根本是絕世美少女。

年紀約十四、五歲。纖細線條勾勒出還殘留著年幼氣息的五官，呈現難以言喻的大人似的表情，散發著錯亂的強烈妖豔。未成熟卻成熟，柔軟卻能感受堅定，純真卻能看見魔性。神祕的姿色和另一個神祕的部分相輔相成，因為美麗所以恐怖。甚至讓人身體凍結。

一時之間，每個人都看她看得出神，為紫水晶般發亮的大眼睛所吸引。淺淺微笑地櫻粉色嘴唇令人專注得一動也不動。即使遠觀也能看清光滑的純白肌膚讓人入迷，長長的光澤黑髮使人嘆息。

然而，那看來應該是及腰的頭髮，只是直直地伸展到脖子，在鳥籠的底部盤繞形成漩渦。再下去就是無血的冰冷黃銅，黃銅底下是桃花心木製的辦公桌，意即輪堂鴉夜脖子以下的部分並不存在。

在鳥籠裡面的，是顆美麗少女的頭顱。

「望著見到我的人們出現的反應，我每次都覺得開心。」

眾人啞口無言之際，頭顱打破沉默。

嘴角諷刺地歪曲，的確是那頭顱在發出聲音。

「雖然我已經自我介紹過許多次了，不過讓我再說一次，我是輪堂鴉夜，職業是偵探。總而言之我是除了用頭以外什麼也做不到的狀態。如果有疑問就先提出來吧。」

「為什麼妳還活著！」

最先是次男少爺站起來，睜大雙眼大喊。

「這著實是個本質上的問題呢，拉烏爾。答案很簡單。因為，我沒死所以活著。」

「哈哈哈。」

或許是中意師父的答案，津輕在旁發出笑聲。拉烏爾似乎更加混亂。

「不、不可能。竟然只有頭活著張嘴說話。就算是吸血鬼，只剩頭也是必死無疑……對，這一定是人偶！是後面的女僕在說話。」

「靜句沉默寡言，不會這樣口若懸河喔。拉烏爾，如果你懷疑，要不要和我單獨兩個人關在某個房間裡面？我知道很多日本的物語，可以徹夜說給你聽。說什麼好呢？《源氏物語》怎麼樣？裡面的〈雲隱〉那一卷我最愛了。雖然對你來說可能有點太刺激了。」

應該是故意的吧，流暢地使用脣舌，鴉夜滔滔不絕。拉烏爾沒有繼續回嘴，跌坐進沙發。

至於戈達勛爵則是早在玄關大廳第一次見面時開始，就知道這不是什麼腹語術。不過就無法理解這一點而言，他到底和兒子們是一樣的。

儘管因為盤繞在鳥籠底部的頭髮而看不見頭顱的切斷面，但輪堂鴉夜沒有身體是無庸置疑的——頭顱，少女的頭顱。真打津輕一直在搬運這個物體嗎？而自己在邊用餐，或是邊在森林走動時，一直是和這個物體在交談嗎？

「為什麼只有頭？」

夏洛特說。那張臉已經恢復了明亮。對年幼的她來說，朝展現真實身分的可怕對象繞了一圈後，似乎已經轉變為感興趣的對象了。

「這也是個好問題。當然我也不是從出生開始就是這副愚蠢模樣。大概一年前我失去了脖子以下的部分。在那之後，我就這樣住在鳥籠裡了。」

「好厲害！」

「謝謝誇獎。」

失去了脖子以下的部分？怎麼可能有這等蠢事。為什麼只剩下頭顱還能活動？心臟呢？呼吸呢？拉烏爾說得對，只有頭還能活著的生物在這個世界上——

因為，我沒死所以活著。

戈達勛爵只能想到一個答案。

就在大約一小時之前，在森林中交談的對話。來自日本的旅人。外表和人類相同，世界上只有一隻，不管是砍頭還是怎麼樣都絕對不會死的生物。

「不死……」

戈達勛爵脫口而出的低語，讓鴉夜的視線轉向他。

「看樣子您記住了一個日語詞彙了呢，戈達勛爵。不過這種詞彙，除了稱呼我之外派不上用場喔。」

光是這樣的回答就太充足了。穩重地微笑，唯有眼眸沉著地捕捉對象不放的鴉夜，其美貌具備了悄悄靠近的不可思議魅力，戈達勛爵心想她在鳥籠裡一直都是這種表情嗎？

「妳、妳真的是不死之身嗎？」

「如果您知道還有其他只剩頭顱也能活動的生物就另當別論，不然我也算是真的不死之身。今年我要幾歲了呀？靜句，我幾歲來著？」

「九百六十二歲。」

「好驚人的老太婆呀。」

「靜句，等一下妳給我痛揍津輕一頓。」

「啊太過分了！師父太過分了！」

「可、可是為什麼只剩頭顱？不死不是被砍頭也能再生嗎？身體去哪兒了？」

「哦，戈達勛爵，您能注意到這一點真的太優秀聰明了。不過這部分晚點再說吧。眼前有更萬不得已的問題。」

聽到這話，戈達勛爵想起這混亂的一幕不過是正式演出前的暖場節目。

沒錯。自己這群人真的會吃驚的事情，現在才要開始。現在開始更嚴重的恐懼將會襲擊而來。因為這個不死的怪物，即將揭開案件的一切。

宅第深處傳來掛鐘響起的聲音，一聲、兩聲、三聲……凌晨三點。

鐘的殘響，城內的人們寂靜無聲。

「看樣子各位也準備好了。那麼，我們開始吧。」

確認過眾人的樣子，在笑咪咪的徒弟與面無表情的女僕的中間，少女的頭顱開始訴說。

訴說──是誰殺了漢娜．戈達的真相。

9

「首先從明顯單純的事情開始確認吧。十一月四日……不對，正確來說是十一月五日的上午零點半。用完午餐的漢娜．戈達夫人回房去，過了一個小時後被人發現成了具屍體。死因是貫穿胸口、直徑將近十公分的深深傷口。從她沒有痛苦的樣子看來，應該是睡眠時遭到襲擊且當場死亡。

以此為根據在案發現場巡視的結果，我找到了七個問題。第一個到第五個先前已經和戈達勛爵說明過了，這邊再簡單複習一下。

第一個，漢娜夫人看來不像有注意到凶手的樣子。第二個，下手時間不是吸血鬼力量減弱的白天而是半夜。第三個，還能用的瓶子遺留在現場。第四個，凶手對城堡知之甚詳。第五個，凶手特意把銀椿放回倉庫。就這些來說若當成凶手是外人，那麼行動明顯不對勁，特別是第一個與第四個，就算是當成湊巧也是非常奇怪。」

「能幹的獵人就能讓自己的氣息消失，外來凶手只要事先調查也能對城堡內部知之甚詳吧。」

似乎已從頭顱的震撼重新站起來的庫洛托反駁，鴉夜輕輕一笑。

「是呀，就目前來說也有這個可能。但是我最在意的是接下來的第六個問題。」

「第六個……」

戈達勛爵不由得重複這個詞彙。

沒錯，因為夏洛特的出現，結果在那私人房間沒能聽到最後兩個就結束了。偵探那時是說「極為重要」且「極為常識層面」。

「第六個問題，就是關於聲音的部分。案發時，漢娜夫人所在的房間周圍有庫洛托和阿爾弗雷特先生在。但是他們都完全沒聽到那個房間曾傳出巨大聲響。特別是吸血鬼庫洛托，他具備能區別妹妹的歌聲或是父親在遠方擊發的槍聲，甚至連來自哪個方向都能正確分辨的聽力。儘管如此，他在戈達勛爵發現倉庫的樁子之前卻未察覺到任何異狀。仔細一想這實在是非常奇怪。」

「沒聽到也沒有什麼好奇怪的吧，就是凶手小心謹慎而已。」

當事人庫洛托不快地說。

「是呀。但是，不論凶手多麼小心謹慎，如果用槌子敲樁子都應該會發出聲音才對。」

「槌子？」

「聽好了，從屍體的傷勢判斷，用來當凶器的是根粗圓樁子，還有凶手顯然是以巨大的力量使其瞬間貫穿夫人身體。但是樁子這種東西，一般來說就像每個人都非常清楚的那樣，要用鐵鎚或木槌敲打釘入。本來並不是武器，只是普通的工具，不是徒手拿來攻擊敵人的物品。」

戈達勛爵的腦海中，浮現上星期攻擊自己，那位叫做雨果的獵人身影。這麼說起來那傢伙也是單手拿銀樁，另一手握著木槌。

吸血鬼也好，獵人也好，每個人都有這樣的常識。因為太過理所當然，以前也沒深入思考過。

樁子，並不是徒手使用的物品——

「所以，假如凶手是狠狠地將銀樁打入漢娜夫人的胸口，一定會發出類似木工釘釘子時的巨大聲響。居館的地下部分牆壁古老，回音也大。但是你們卻說案發現場沒有任何動靜。第六個問題就是這個。也就是說，為何庫洛托和阿爾弗雷特先生沒有聽見凶手敲打樁子的聲音？」

鴉夜至此暫時中斷話語，等待說明滲透聽眾。

「關於這個令人深感興趣的問題，再來進一步推理吧。我可以想到四個解釋。一個是，其實有發出聲音，而兩個證人都在說謊——意思就是兩個都有可能和殺死漢娜夫人的凶手是共犯。」

眾人再度鬧哄哄起來。庫洛托一副「夠了沒有」的樣子直搖頭，管家無法接受般地盯著鴉夜。

「絕、絕無此事！」

「是呀阿爾弗雷特先生，我很明白。這馬上能夠否定。推定行凶的時間，他們兩人都沒有不在場證明。為了避免遭懷疑是共犯，應該會事先串通講好假的不在場證明。所以，即使兩人其中一人有可能是凶手，但兩人都是凶手的可能卻非常低。」

「共犯是什麼呀？」

夏洛特發出天真無邪的聲音，緊繃的空氣稍微和緩了些。坐在隔壁的拉烏爾不情願地和妹妹咬耳朵。鴉夜面帶微笑望著這一幕。

「那麼接下來。雖然發出了聲音，卻不是在兩人待在房間附近時發出的——也就是說，行凶時間有可能早於一點。」

「早於一點？」

這次輪到戈達勛爵反駁。

「輪堂小姐，這太奇怪了。我一點的時候還確認過倉庫內沒有異狀……」

「對，沒錯。而且早於一點那時候，房間周圍有阿爾弗雷特先生和拉烏爾在。他們都沒聽見聲音，也沒有替彼此作證不在場證明，所以和剛才同樣的理由，這個可能也可以棄之不顧。

我們繼續下去吧。接下來，就是凶手雖然用槌子敲打，但是為了不發出聲音費了什麼心力——也就是用抱枕或厚重布料之類的東西放在樁子與槌子之間讓聲音消失，這個可能怎麼樣？調查過房間後我也否定了這一點。如果樁子與槌子之間夾了什麼，那麼噴出來的血應該會牢牢地黏到那個物品，但是房間內的抱枕之類毫無異狀。而且，凶手穿的大衣沾滿了血。那就是用樁子殺人的時候，凶手沒有任何遮蔽直接面對噴出來的血的證據。」

「是不是把大衣當成消音布了？」

始終沉默聽著的津輕，從旁插嘴。

「這我當然想過，那種情況就是把大衣捲成一團使用。而大衣前面並沒有沾染大量血液。」

「原來如此，我認輸了。」

助手隨意地舉起雙手。即使是在這種時候，他們的對話依然帶著滑稽。

「因此，剩下的解釋只有一個——那就是凶手沒有用槌子敲打椿子。而是徒手，只靠手臂的力量便將椿子打進漢娜夫人的胸口。所以，不管是誰，不管是什麼時間，都沒有聽到聲音。」

城堡裡的人們露出能夠接受這說法的樣子，沒有特別針對誰只是互相點頭。

沒有發出聲音，是因為沒有以槌子敲打椿子。仔細一想，是個用不著思考，極為理所當然的答案。可是——

「不用木槌或鐵鎚敲打椿子，而是徒手處理。就像剛才說的，這是脫離常識的行動。倉庫也有木槌或鐵鎚，即便凶手是雙手空空入侵，應當也能輕易拿到槌子。再說，被害人在睡覺，靠近的凶手應該也有充足的時間能夠拿好槌子準備吧。然而，凶手卻沒用槌子敲打椿子。為什麼沒有這麼做呢？

我最先擬定的假設很單純。徒手打進椿子，是因為不要讓在附近房間的人們聽見聲音嗎？我想如果聽到敲打什麼的聲音，大家很有可能起疑心，那麼凶手的行動就能說得通了——但，這次的案子，關於在那間房間殺害漢娜·戈達夫人的情況又如何呢？」

鴉夜以別有涵義的說法掃視室內一周，視線停在站在角落的中年管家身上。

「阿爾弗雷特先生。」

「什、什麼事？」

「請您照我說的想像。三天前，用過午餐的您正在辦公室工作。什麼案子也沒有，一如往常平靜的中午——不對，是平靜的夜晚。這時，傳來『鏘、鏘』的鐵鎚敲打聲。告訴我，您會覺得那是什麼聲音？」

阿爾弗雷特提心吊膽眼神游移，但幾秒鐘後，像是突然想到一般地回答：

「我會覺得……啊，對，我會覺得是太太正在修理家具。」

「原來如此。那麼，庫洛托呢？你在房間的時候，要是聽到雙親的房間傳出『鏘、鏘』的鐵鎚聲，會覺得是什麼聲音？」

「和阿爾弗雷特一樣，覺得是母親正在修理家具。」

「其他人呢？假如漢娜夫人的房間傳出鐵鎚聲，在你們之中真的有哪位會擔心是不是出了什麼事情嗎？」

家人和傭人，沒半個人答得出來。

「漢娜夫人的興趣是修理骨董。去世的那一天也是正在修繕搬進房間的五斗櫃。聽說各位在城堡裡，每天都聽到鐵鎚或木槌的聲音。假如不知道這回事，進入房間看到正在修繕的五斗櫃也能輕鬆推測出來。」

「實際上我也是這樣。」

津輕這麼說，鴉夜幾乎要點頭。

「沒錯，連第一次進入房間的我的助手都知道這一點。何況是對城堡裡知之甚詳，連戈達勛爵與漢娜夫人的習慣都熟知的凶手，我怎麼也不認為他不知道夫人的興趣。這樣一來，在那個房間殺害漢娜夫人，凶手不就完全沒必要在意槌子的聲音嗎！」

少女自若的聲音，又下了另一個結論。

「提防發出聲音這條線看來可以暫時拿掉。來想想其他更有可能的假設吧。例如，凶手的手臂受傷了，所以無法拿槌子怎麼樣？這也說得通，但實際上視為問題討論則頗為奇怪。我不認為意圖殺害吸血鬼的人類，會在那種不周全的狀態下決定入侵城內，就算硬要入侵，想要完美犯罪再徹底脫逃應該是非常不可能的吧。凶手應該是身體無傷的健康狀態。證據就是，大衣的袖子兩邊都捲得好好的。」

為何凶手不能使用槌子？問題不在案發現場的情況，也不認為是凶手本身的身體有問題。那麼——

「那麼，最有可能的假設就是像接下來說的這樣：凶手不能用槌子的原因，是因為樁子本身有問題……也就是說，是不是用槌子一敲，樁子本身就有可能壞掉？」

在這裡，鴉夜等待聽眾的理解。城堡裡的人們，露出雖然聽進去但無法理解的表情，全皺起了眉頭。

「這不可能呀。」

不久，拉烏爾代表所有人說道。他差點笑出來。

「因為，椿子的材質是銀吧？那樣子，用力敲的話可能多少會變形，但也不可能壞掉。」

「一點都沒錯。因此以這個假設為基礎思考下去，便會得到更加獨特的結論。凶手使用的凶器不是銀椿，而是其他材質製成的其他椿子。」

「咦？」

聽到這話，戈達勛爵終於忍不住愣愣地出聲。

凶器不是銀椿？推理的進程懂是懂了，但不可能有這種事。

「輪堂小姐您在說什麼？我的確在倉庫看到那個椿子了……」

「您看到的是沾了血的銀椿，還有在房內遭到殺害的漢娜夫人的傷口。就只有這樣而已。明明不是掉在現場，卻因為沾了血這個理由就認定那是凶器的想法太隨便了。凶手使用和銀椿尺寸類似的其他椿子，這是非常有可能的。順帶一提假如是那樣，那我一開始提出的第五個問題也就有答案了。凶手為什麼將銀椿放在倉庫？答案很簡單，因為那個椿子沒有被帶到案發現場，一直放在倉庫裡面。」

「……」

不死少女的聲音在頭蓋骨中迴盪。雙腳幾乎要站不住、未曾有過的感覺，正在襲擊一百八十歲的吸血鬼。

「意思是銀樁沾著的血是偽裝嗎？」
「已經出現這個可能了。」
「可是……就算是這樣，別的樁子是怎麼回事？」
「槌子一打就壞的脆弱材質做的東西。例如說，木頭或玻璃之類的。」
「太離譜了，輪堂小姐。」
戈達勛爵牢牢地盯著頭顱，耐心地說。
「既然人們稱您是專查怪物案件的偵探，那麼您應該明白吧。能夠貫穿吸血鬼的只有銀。假如凶手使用的是木頭或玻璃製成的樁子，也不可能用來殺害內人。」
「父親說得對。」
庫洛托粗暴地點頭。
「和這種不正常的假設相比，提防發出聲響或是手臂受傷的說法還比較有可能。假如說妳的推理是正確的，那就拿出什麼證據來呀。拿出有另一根樁子的證據。」
房裡四處傳出小小的贊同聲。燭臺的火焰照著黑髮，鴉夜一時之間沉默不語。
然後，明明沒有肺也是順利地深吸一口氣。
「那麼，現在就來說第七個問題吧。」
突然，完全轉移到另一個話題。
儘管目瞪口呆，戈達勛爵依然記起了。提出來的問題只有七個當中的六個，剩下最後一個。

「現在要登上舞臺的，是留在現場的扁平玻璃瓶。軟木塞沾了血。所以凶手犯案後碰過這個瓶子應是無庸置疑的。絕非湊巧從口袋掉出來之類的，是為了拿什麼出來，特意放在那裡的。」

「因為要潑灑聖水吧。」庫洛托說。

「一點都沒錯。要說用於案發現場且看來原本是裝在瓶子裡的東西，只能想到聖水。凶手將聖水裝入瓶中，殺了漢娜夫人後將其潑灑在夫人身上。作為自古以來的淨化儀式。」

「用不著這麼又臭又長的說明，這種事我很清楚啦。」

「那麼，接下來才是本題。瓶子的玻璃有灰塵造成的髒汙。我為了仔細觀察，命令津輕擦拭瓶子表面——但是，髒汙沒掉。」

愛挑釁的長子，這時沒有插嘴搗亂。取而代之的發出一聲：「嗯？」

「也就是說那個瓶子，玻璃表面並無髒汙。最後的問題就是這個。意思就是，為什麼瓶子的內側會沾上灰塵？

瓶子的軟木栓牢牢地封住，先調查過現場的警方也沒有碰觸；案發後，戈達勛爵也好好地鎖上那個房間。所以，我們調查的時候，瓶子內部應當是維持著遭棄置時的狀態。遭棄置的時刻，也就是凶手結束犯行的時刻。凶手結束犯行的時刻，也就是凶手剛將聖水潑灑在屍體上沒多久。這樣一來，為什麼瓶子內側是髒的？」

鴉夜的紫色眼眸炯炯。

「雖然是小小的矛盾，卻是大大的發現。如果瓶子裡先前裝滿了液體，灰塵應當會被沖掉，玻璃內側不可能會弄髒。這就表示，那個瓶子打從一開始就是空的。長時間沒裝任何東西在裡面，瓶口開著沒封，所以內側沾上了灰塵。

因此，情況會變成這樣：瓶子沒有裝聖水。凶手為了讓人看來像是潑灑了聖水，所以特意將沒裝東西的瓶子留在現場。但是漢娜夫人的屍體明顯有遭潑灑聖水的痕跡。那麼，聖水是從哪裡來的？只要將剛才的推理和與這瓶子相關的疑問對照，就能導出最後的離奇結論。」

房間角落傳出「啊」的無感情叫聲。女僕吉賽兒像是閃現什麼念頭，睜大了眼睛。同時津輕也發出「哦」的聲音點了點頭，嘴脣的笑容綻放得比平常更強了許多。

「原來如此，是那樣呀。」

「明明是助手，居然這麼久才察覺這傢伙。」

「就是因為我是助手，所以這麼久才察覺。」

鴉夜和津輕對彼此展露笑容後，繼續說道：

「各位聽好了，正因為是吸血鬼所以沒有不可能。正因為是吸血鬼才能導得出答案。被殺的被害者是吸血鬼，假如凶器是銀之外的脆弱材質做成的東西，只能縮小範圍到唯一的一個可能，那就是聖水。而且，現場確實殘留來路不明的聖水這樣的證據。」

銀以外的樁子，脆弱的材質，類似木頭或玻璃。

漣漪靜靜地擴散。戈達勛爵和傭人們、沙發上的三兄妹，全沒感到詭異，只是凝視著只有頭顱的少女。

隔了一拍，鴉夜睇起美麗的眼睛。

「各位已經知道了吧——凶器是水做成的。凶手讓聖水結凍製成冰樁。」

聖水。

天主教會在一二六〇年製造出來，經過淨化的奇蹟之水。製作方法雖未公開但效果極大。與純銀相同，只對吸血鬼的身體起作用，吸血鬼只要一碰就會發熱遭受灼傷。雖因是液體不適合直接用於攻擊，但能讓吸血鬼的再生能力失效，吸血鬼獵人們以其取代護身符視為珍寶。

經過漫長的嘗試錯誤，最後選出來能傷害吸血鬼的只有兩種武器。

銀，以及聖水。

「這個季節，夜晚的氣溫常常降到冰點以下。將聖水注入樁子形狀的模子，放在外頭兩、三天，應該就能做出漂亮的冰樁吧。凶手將其帶入城內，穿著老舊的大衣，前往漢娜夫人所在的房間。把冰樁刺向正在太師椅上睡覺的夫人，殺害了夫人。噴出來的血被大衣擋住。聖水做成的樁子刺入吸血鬼的身體後，立刻產生高溫迅速溶解。溶化的聖水沿著夫人的腹部滴落，弄濕衣服，讓皮膚灼傷。」

面對陷入沉默的聽眾，少女的頭顱淡淡地說著。

「一結束犯行，凶手便將空瓶子或是某種容器抵著屍體的傷口，收集漢娜夫人的血液——這可以從傷口左側的出血量不多推測得知。因為流出來的血，大部分被凶手帶走了——隨後，將用完的大衣、沾了血的玻璃瓶留在引人注意的地方，凶手離開房間。留下物品，當然是為了假裝成外來者犯案。接著凶手一動也不動地等待戈達勛爵外出狩獵的時間到來，確定倉庫沒有異狀後，破壞鎖頭入侵。從裡面的架子拿走銀樁，把事先收集到的漢娜夫人的血液澆上去，偽裝成那就是凶器的樣子。然後，就只要向狩獵回來的戈達勛爵炫耀那慘狀。」

被迫探尋的犯罪流程，比先前假設「凶手是外人」助手說的那些話更離奇得多，然而也更能讓人接受。凶手使用的是冰樁。能夠貫穿吸血鬼的聖水做成的樁子。銀樁，只不過是凶手設計的偽裝——

但，推理尚未結束。

「好了，喋喋不休了這麼多，我的推理到現在可以集中到一個問題——為何，凶手要要這種詭計？」

為何，什麼，怎麼回事，疑問接連不斷地解除又出現。輪堂鴉夜的思維宛如海溝探勘。朝向黑暗的海底，全面徹底地逐漸深潛。

「漢娜夫人的傷，和銀椿的大小完全符合。這是因為，凶手原本就知道倉庫裡有銀椿。但是，既然如此就沒必要特地製造偽裝的凶器。將銀椿自倉庫取出，照一般的做法刺死漢娜夫人不就好了？讓人誤以為銀椿是凶器，這對凶手有怎樣的好處呢？」

鴉夜環顧城堡裡的人們問道。因為偵探的話語而絞盡腦汁的他們，全都致力思考，沒人回答得出來。

無可奈何，鴉夜對在一旁待命的助手說：

「津輕，你曉得嗎？」

「就是麵店的結帳吧。」

「什麼？」

「就是用時間蒙混過去。」

「我就要你別每次都這麼比喻呀。不過你說對了……就是不在場證明的事前準備。唯一能想得到的好處就是這個。從準備出門打獵時倉庫的鎖沒有遭到破壞，以及椿子沒有沾血兩件事，戈達勛爵便會自然認定犯案時間是自己出門打獵到返家這段時間——就是上午一點到一點半之間。可是假如倉庫裡的椿子不是凶器，那在更早的時段——午餐結束後的十二點半到一點之間——完成犯行就有可能了。當然，凶手雖有必要在戈達勛爵出城後再進入倉庫一次，不過只是讓椿子沾血，那有二、三十秒便夠用了。只要強調

『這麼短的時間無法殺人』就能不受懷疑。而且凶手能夠從一點到一點半從容不迫地製造不在場證明。事情就是這樣。

不過各位，假設凶手是外人，為什麼有必要做這麼危險的事前準備呢？若是位於鬧區正中間的宅第也就罷了，這裡位於光是抵達就得大費周章的森林之中。如果來自外面的襲擊者要在這種地方殺人，有必要煞費苦心製造那頂多三十分鐘的不在場證明嗎？」

無法有肢體語言和手勢的鴉夜，取而代之加強了語氣。

「沒錯，重要的就是這一點。深夜的犯罪，外面完全沒找到的逃走痕跡，明顯是特意留下來的瓶子和大衣。再加上很了解城內的情況，知道漢娜夫人的習慣或是戈達勛爵狩獵的習慣，還有本週戈達勛爵出門時應該會打開倉庫查看的事情，最重要的是必須不依賴共犯，連危險的不在場證明的事前準備都自己來以免遭到懷疑的人——這種人，除了是各位之中的某個人之外根本不可能存在，不是嗎！」

終於，這思維抵達了一開始提出的前提。

已經沒有人能對這個結論厲聲抗議了。庫洛托用無法定焦的眼睛望著鳥籠，阿爾弗雷特露出失魂般的表情，夏洛特的指尖深深陷入幾乎要戳破抱枕。至於戈達勛爵，則是獨自因為另一種震撼而身體晃動。

輪堂鴉夜，專查怪物的偵探。

剛才她勾勒出來的線索，扣除幾個微不足道的確認，幾乎都是從那個房間的搜查獲得的資訊。

聽過城主說話，看過案發現場一次，在回答「這案子很有意思」的那個時間點，她已經在鳥籠中再三推理，得到凶手是內部的人這個解答了。

「好了，我講得太冗長了呢。」

頭顱偵探繼續說道：

「現在開始要加速前進了。從剛才說過種種，關於凶手可以舉出這五個條件。

一、實際的犯案時刻，十二點半到一點之間沒有不在場證明的人。

二、因為事先做好的不在場證明，讓人以為一點到一點半之間不可能犯案的人。

三、以及，那段時間只有幾分鐘自由行動空檔的人。

四、力氣大到能徒手打進粗樁子，扭斷鎖頭的人。

五、面對感覺敏銳的吸血鬼，能夠靈巧到犯罪完全不會被發現的人。

首先是第一點，十二點半到一點之間沒有不在場證明的人有三位。兩位傭人與次子拉烏爾。其中符合第二點的是吉賽兒小姐與拉烏爾。吉賽兒小姐一點以後和夏洛特小姐在一起，拉烏爾則和戈達勛爵一同出外打獵。」

「妳、妳在胡說……」

拉烏爾雖發出抗議之聲，鴉夜卻無視。

「兩位也符合第三個條件。拉烏爾在戈達勛爵出城後大概一分鐘後追上父親。時間已經足夠進入倉庫替椿子偽裝。吉賽兒小姐也說過，曾為了上洗手間離開夏洛特小姐幾分鐘。但是這兩人之中，擁有符合第四個和第五個條件的能力的，就只有本身也是吸血鬼的拉烏爾。」

遭到點名的拉烏爾，愈發慌張地起身。

「等一下！我不可能做到那種事！說起來偽裝還是什麼我都辦不到，因為我不能碰到銀呀！」

在意外之處，鴉夜說了聲「是呀」，老實地接受這個指摘。

「我也是不懂這個地方。就算冰椿能用布裹得厚厚的再攜帶，可是銀椿沾到的血上面留有手指碰觸的痕跡。連關節的印子都清晰可見，所以我想是沒戴手套。恐怕是漢娜女士的血滴落的時候，椿子差點掉落，反射性地用手按住吧。凶手徒手碰觸過銀椿這是不用懷疑的事實。

吸血鬼碰觸到銀或聖水便會灼傷。因此，假如拉烏爾是凶手，那麼手指應當會有灼傷的痕跡。此外根據戈達勛爵所言，那傷並非大約三天就會消失。那麼，拉烏爾的手指應當還留有傷痕。我在用餐時，嘗試從對面的座位確認這一點。但是他的手完全是乾乾淨淨的。而且，以戈達勛爵為首，其他每個人的手都沒有找到灼傷的痕跡。」

「妳看吧！」

拉烏爾不屑地發出嘲笑般的鼻音，戈達勛爵也說「這是當然的」，點頭同意。

「我不是說過了嗎？不可能有自己主動去接觸銀的吸血鬼。」

「看樣子就是您說的這樣。因此，雖然我實在不認為這人具備了符合第四個或第五個的非凡力氣和靈巧，而且這人一點以後製造的不在場證明也是讓四歲女孩所說的非常不可靠的東西，但是剩下的嫌疑人用消去法去找只有一個人……」

所有人的視線集中到站在房間角落的女僕。

縮著身子的吉賽兒也沒試圖隱藏悲痛，粗眉亂糟糟地死命不停搖頭。

「不、不、不是的。我沒做那種事。」

「吉賽兒，難道妳……」

「不、不是吉賽兒！吉賽兒不會那樣……」

戈達勛爵逼近一步，沙發上的夏洛特大叫，然後——

「我原本還以為是那樣。」

鴉夜繼續說出一句遠遠超出想像的話。以當事人吉賽兒為首，城堡裡的人們彷彿感到氣勢全消，注意力再度回到鳥籠。

少女的臉浮現惡作劇般的微笑。

「既然吸血鬼們沒有灼傷的痕跡，凶手就是吉賽兒——或是，因為某些原因導致不在場證明的事前準備失敗的阿爾弗雷特——我本來以為是他們其中一人。戈達勛爵，直到我在森林裡向您請教，我都是這麼想的。」

「什麼意思？」

「最後的關鍵，就是關於再生能力的事情。您是這麼說的，『手臂斷了只要有兩天時間就能漂亮地再生』。這就是，凶手設下的最後詭計。」

森林裡的事，戈達勛爵想起了另一件。

在戈達勛爵說那件事時，鴉夜像是剛洗好澡的阿基米德一樣，激動大叫了一聲「哦──！」。詢問「怎麼了嗎」，她只回答「我認為吸血鬼的再生能力的確非常完美」，含糊其辭帶過去。

「凶手在準備銀椿的時候，不小心碰到表面，因而手指受到灼傷。銀造成的傷不會馬上復原。這時，到底會怎麼樣呢？

他在發現屍體後，以心神勞累為由關在房間裡，用掛在牆上當裝飾的劍其中一把切斷自己的手指。雖是普通的人類難以想像的行為，但他可是吸血鬼。銀和聖水之外的物品造成的傷可以發揮原本的再生能力，幾乎沒有出血便能立刻開始癒合。手臂斷了兩天時間能復原，那如果是指尖受傷的話，估計再怎麼久，只要有一個晚上應當也能徹底漂亮地再生吧。凶手有可能利用這個方法，在短時間之內消除傷痕。」

受傷的手指，整個切斷。然後，憑藉再生能力逐漸長出乾淨的手指。

宛如植物的枝條。

「那麼，剛才的理論就復活了。一、二、三、四、五，符合所有條件的只有一個人。

身為吸血鬼的他既年輕同時兼具遠遠優於人類的力氣與靈巧，十二點半到一點之間沒有不在場證明，有可能在戈達勛爵出城後立刻破壞倉庫的鎖進行偽裝，而且在那之後，因為和父親一起到森林去也能製造出到一點半之間的不在場證明。那段時間，將用來裝血的空瓶藏在寬鬆的毛衣裡，手插進褲子口袋不讓人看見灼傷。接著在案發後，為了等待切斷的手指完全再生，關在房間裡不出門。這個人就是——」

砰！

彷彿整張沙發都要破裂，彈簧發出轟然巨響的反彈聲。

搶在城堡裡的人們注意自己之前，拉烏爾．戈達已經衝向眼前的辦公桌。稚氣的臉龐凶狠地扭曲，手指彎曲宛如鉤爪，使勁朝鳥籠伸出——然而就在意圖踏出最後一步時，他的手被從旁伸過來的另一隻手抓住，停了下來。

那是真打津輕的右手。

「好不識趣的凶手呀。」

鴉夜吃驚地說。

「我都還沒說明完畢，竟然就自己露出馬腳。」

拉烏爾感覺到背後家人們的內心動搖。隨便怎樣都好。對，那種傢伙怎樣都無所謂。總而言之這個胡鬧的頭顱，得殺了這個傢伙，不能讓她繼續說下去！胳臂施力試圖甩開津輕的手，但被抓住的手腕文風不動。

傳來「鏘」的像是金屬碰撞的聲音。站在椅子後方的女僕裝女子手伸向揹著的長條狀物體，往前踏出半步。津輕說了句「沒事的，靜句小姐」，制止了她。

「靜句小姐，師父就麻煩妳了。這個人交給我收拾。」

「……收拾？」

別開玩笑。

拉烏爾在手腕被抓住的情況下跳起，試圖重踢津輕的側臉。

這一瞬間，景色突然大幅傾斜晃動。

接著玻璃的破裂聲和悶沉的撞擊，戶外空氣的冰冷迎面衝來。因為在雙腳離開地面的同時，自己手腕被一拉後丟擲出去！察覺到這一點時，他的身體已經飛出玻璃窗狠狠撞上地面。

「可惡……」

拂去沾到頭上的石頭碎片，一面破口大罵一面撐起上半身。

居館的後側，位在快要崩塌的牆壁連綿不斷的廢墟中。天空萬里無雲，蒼白的月光傾瀉。宛如已死的夜晚一片寂靜。連鳥鳴也沒有，除了自己之外沒有物體在活動。

不對，還有一個人。

聽到踩踏碎石子的聲音，拉烏爾的視線回到居館的方向。大概是從剛剛撞出來的洞跳下來，有個步步進逼的陰鬱男人的身影。

篩著月光的青髮。一條線的刺青。滿是補丁的大衣。

「我很傷腦筋呀。師父讓人給動手了。」

那張臉上貼著詭異的笑容，真打津輕讓脖子的骨頭發出喀喀聲。

10

「上星期的襲擊過後，拉烏爾的計畫就開始了。雖然我不知道他是偶然認識還是自己主動去找的，總之他聯絡上那個名叫雨果的獵人，撒謊要幫助他討伐吸血鬼。他先說他會製造破綻要雨果在森林裡偷襲戈達勛爵，可憐的雨果上了他的當。結果拉烏爾失約，這事輕鬆打敗雨果的您應當十分清楚吧。

但是當然這也是計畫的一部分。拉烏爾的目的是讓雨果持有的銀樁被放進倉庫保管，還有一點，他事前已經從雨果那邊拿到樁子的盒子了。您想想，剛剛抓到的獵人不是說了嗎？說『雨果總是把樁子放在皮革製的盒子裡』。他雖然知道那是樁子，卻不知道那是銀製的。所以那個盒子，密封程度覆蓋整根樁子，而且盒子本身就是樁子的形狀，這一點應該很明確吧。此外，既然是非常防水的真皮製成的，想必您也明白了吧。拉烏爾就是拿這個盒子當成冰樁的模型。根據報紙的報導，您一家人會在星期天的夜裡上教會吧？那麼偷偷取得聖水應該也很簡單。他用聖水裝滿真皮製的盒子，放置在寒冷的森林裡幾天，成功製作出和銀樁尺寸完全相同的冰樁。

凶手應該是使用真皮製的盒子，這一點我很早就猜想到了。因為聽說雨果被您打倒的時候，手裡握著毫無遮蔽的樁子，但他不可能隨時像那樣子隨身攜帶貴重的武器。我認為銀樁原本是裝在盒子或是什麼東西裡，不過襲擊的時候沒帶在身上。那麼盒子應當就是在凶手手上，當成製冰模型用了吧——這結論非常理所當然。我本來打算在森林裡找出那個盒子，但因為得到同夥獵人的證詞而省事許多。

關於動機，我只能推測。不過大概還是對『親和派』心生抗拒吧。庫洛托也是如此，兩位公子看樣子並不像賢伉儷那般喜歡人類。啊，對了，如果需要證據，我想去搜拉烏爾的房間應該會找到形形色色的東西。用來收集漢娜夫人血液的瓶子，用來切斷手指的劍，攜帶冰樁移動時包裹的布之類的……戈達勛爵？戈達勛爵，您有在聽我說嗎？」

戈達勛爵沒有回應。其他的人們也茫然地凝視著拉烏爾撞破木板與玻璃後，書房窗戶上開出來的大洞。

「看樣子大家都心不在焉。」靜句說。

「唉這也難怪。弒親不論在哪個時代都十分震撼。」

「……輪堂小姐，拉烏爾他真的做了那事嗎？」

「借用您在森林裡說過的話，他剛才可是想要我的命。沒有比這清楚的自白了吧。雖然就算被殺，我也不會死就是了。」

「……怎麼會這樣。」

無視無所畏懼地微笑著的鴉夜，戈達勛爵重重倒向背後的書架。印第安人偶掉到地上碎成碎片。

拉烏爾是凶手。兒子是殺人犯。那個次子殺了漢娜，而且剛才毫無猶豫試圖襲擊偵探？

「怎麼辦……我到底，該怎麼做？」

「什麼都不用做就行了。」

「但、但我不能那麼做。」

「沒問題。只要交給我的助手處理。」

面對驚慌失措的戈達勛爵，鴉夜極為平靜，甚至似乎還帶著某種期待。

紫色的眼眸望向沙塵飛舞的城堡廢墟，她說：

「用日本風格來說，就是『真打登場』。」

「這個那個，每個太軟弱了！」

「哦。」

「父親對母親百依百順，哥哥只會出張嘴無意付諸任何行動。但是我和他們不一樣。

我一邊假裝愚鈍一邊暗自鍛鍊實力。然後也擬好計畫，為了取回吸血鬼的驕傲與地位。」

「了不起了不起。」

「吸血鬼是至高無上的孤傲生物，是應當支配人類的種族。神就是那樣創造出我們的。可是，為什麼我們非得要特意接近那些傢伙？大家都是笨蛋，每個都太無知了。所以我——」

「哎呀。」

在拉烏爾緩緩站起的那段時間，真打津輕隨意地附和同時減輕裝束。脫掉灰色手套，脫下鞋子，拿去襪子赤腳站立。將滿是補丁的徹斯特大衣放在地上，變成一件白襯衫配吊帶長褲的模樣，這次是喀喀響地轉動肩膀。

拉烏爾心想「這傢伙也在瞧不起我」。

算了沒差，既然如此就讓他知道我的厲害。從書房被丟出來的傷害早就恢復，毛衣破了上半身變成赤裸，慢慢吐氣。原本看來鬆弛的腹部突然緊實，出現足足超出少年範圍的硬質肌肉。

經過打磨的，吸血鬼原本的肉體。

「我還以為只要殺了那個女人假裝成是人類幹的好事，父親應該也會清醒過來。但是沒用，完全沒用。既然如此，這種家庭就是我人生的阻礙。家人、傭人、偵探，我只能全部殺光……」

拉烏爾從瀏海的縫隙狠瞪津輕。

「就先從你開始。」

瞬間縮短了二十公尺的距離。

爆發般的加速，甚至讓原本踩踏的地面晃動，猛刮起大量碎石。津輕只愣愣地直立不動。你看吧，我稍微認真一點你就這副德性了。人類根本當不了吸血鬼的對手！拉烏爾欣喜得發抖，借助最後用力一踩飄在空中，身體增加扭轉。高舉手臂打算從背面以手肘挖出津輕整個脖子的骨頭——

好痛！

對手的行動只有一瞬間，看起來卻緩慢得怪異。閃開瞄準頭部的肘擊的津輕，配合動作轉動肩膀，左拳重擊拉烏爾的臉頰。

彼此的運動能量相抵的瞬間後，耳中爆開巨響。

因抵抗的力量而撞上地面的拉烏爾，這次以自己的身體捲起碎石，同時被推回剛才衝過的二十公尺。即使猛力衝撞廢墟的牆壁依然止不住威力，撞穿一堵牆，撞穿兩堵牆，毀了第三堵牆的時候總算靜止了。

塵埃遮蔽了明亮的月夜。

「唔，呼。」

伴隨呻吟，拉烏爾起身。

剛剛是怎樣？發生什麼事了？是疏忽了？還是湊巧？怎樣都好。快點起來，快點站起來，用這力量給那個笑面男好看——不對，先等一下。

這時，他注意到有生以來第一次感受的奇怪感覺。

和地面摩擦時造成的小傷口無礙地正在恢復。可是手背上滴落的大顆紅珠始終止不住。用手指碰臉。鼻血，裂開的嘴唇。好痛，好痛……疼痛沒退。

遭到毆打的傷沒有痊癒！

「這、這……」

正當他想說「這是怎樣」之時，灰塵的另一邊傳來飄逸的聲音。

「來來來，過來瞧瞧過來瞧瞧每位嘉賓都請進。接下來為各位獻上的是毛骨悚然，哭泣的小孩也會安靜下來，令人發抖恐懼的節目，世界上難得一見的『殺鬼』。」

現身的津輕將襯衫袖子捲到手肘，吊帶褲也捲到膝蓋。但是拉烏爾吃驚的不是這有如到河邊玩水的孩子般樣貌，而是從捲起的服裝可以窺見的津輕身體。

就拉烏爾看來，那彷彿是花紋奇怪的豹。身體纖瘦且輕量的津輕，四肢毫無浪費的柔軟肌肉正在凝聚。那皮膚上，像是沿著動脈拉出直線一般，青色線條一邊分岔一邊多條蔓延，直到雙手雙腳的末梢。和左臉上延續的刺青一樣。

「你父母親的宿命我是不明白，但盤踞於此的鬼之血，無需慈悲或眼淚。只要一擊中的便能準確殺死，這個世界沒有殺不死的怪物，完完全全的必殺技。哎呀哎呀，想要再來一次，等看過以後再說吧。」

「唔！」

感受到陰森恐怖，拉烏爾再度躍起身體。但，踢出去的腳被津輕的右手極其輕鬆地揮開。就在嚇了一跳之時，肚子挨了拳頭，再度重摔地面。

「只不過，我說的是看過以後還能活下來的情況。」

津輕視線向下看著拉烏爾，結束開朗的言詞。

徹底鍛鍊過的腿力和腹肌，吸血鬼的戰鬥力簡直被當小孩。曲起背部吐血，果然疼痛沒退。明明也不是碰到銀還是遭潑灑聖水。有哪裡不對勁。

「你到底是什麼東西……」

「這就請你接下來好好欣賞了。」

青髮男人聳了聳肩。

包含這態度在內，眼前被迫面對的狀況還有身上受的傷，所有的一切皆惹怒拉烏爾。往後跳開同時踢起碎石，奪去視野後再攻擊。但拉烏爾的直線型攻擊只是攪亂灰塵，對一副早已習慣的模樣緩緩移動的津輕連擦也沒擦到邊。不僅如此，對手一面閃開攻擊還一面開始說著什麼配上曲調的內容。似乎非常開心，非常愉快。

「青色血管所訴說的，脫離常軌的離奇故事，理所當然，我既是人也不是人，雖然一般認為非人這種名聲很過分，不過請先聽聽，我真打津輕的丟人現眼！」

大喊「看招」後，津輕扭轉上半身。赤裸的右腳迎向拳頭劃過空中、身體前傾的拉烏爾。拉烏爾整個身體被打飛，撞上新的石牆。

隨著開始反擊，津輕的聲音變得更高。拉烏爾配合著那音調奇怪的歌，接二連三受到攻擊。敵人的動作宛如舞蹈，卻可怕而厲害，情緒激昂的笑臉就是瘋狂本身。

簡直就像正站在心眼壞、沒品味的表演舞臺上。

「維新、動亂告一段落　明治也過三十歲之時」　膝蓋以高速頂入，

「上位者發動的大屠殺　掃蕩離奇大清掃」　身體撞進牆壁。撞穿。

「這事發生在接近結束時　收尾時刻的故事」　試圖重整姿勢，

「說起來負責打掃的是　將世界上大量的妖怪」　但大腿內側遭到橫掃，

「追蹤捕捉然後再打死　這種暴徒們的工作」　再補上後踢！

「名稱直接叫『殺鬼』　最強部隊『殺鬼』」　血腥味。

「基層的年輕成員　真打津輕也是其中一人！」　殺死，殺死，殺掉你。

「但是嘿呦人生呀　有高有低有吃苦受罪」　左，右，反擊。渾身的。

「讓邪惡的敵人一眼盯上　中了可恨的陷阱」　津輕如煙消失。

「混進的是鬼血　拋棄的是人性」　從背後到掌底。

「半信半疑創造出來的　半人半鬼完成了！」　眼前迸出火花。

「既是異形就不該活下去　隨波逐流被撿走」　再撞破一堵牆，
「骯髒的城郊雜耍場　脫離人類的博覽會」　敵人瘋狂跳舞，
「說句『這表演適合你』　被拉到下流的舞臺上」　自己早就變成玩具，
「分配到數不清的　離奇怪物大隊」　再次聽到「看招」的聲音，
「殺那些怪物的每一天　獲得了藝名」　只能一直處於挨打的劣勢，
「這是什麼因果什麼因緣　有這麼諷刺的東西嗎」　好痛，好痛，好痛，好痛。
「哭泣的小孩也會歡鬧的『殺鬼者』，令人發抖恐懼的『殺鬼者』！即使在遙遠的這塊土地，也要獻醜！」

砰喀！

隨著最後的拍子，拉烏爾被格外強大的力量踢飛。

宛如溺水般被廢墟的瓦礫推擠，回神過來發現身體半被埋在崩落的石頭裡。似乎有些昏暗。應該是在尖塔中吧。這段時間，依然感覺到血從頭部、嘴脣、肩膀和腹部側面濕漉漉地湧出。在攻擊中受的傷完全沒痊癒，身體也動不了，奄奄一息。襲擊全身的疼痛過了頭，幾乎麻痺。

大紅色的視野中，一滴汗也沒流的真打津輕現身。

拉烏爾用搖晃的頭想著。到最後這男人到底是什麼？他一邊把我打得落花流水一邊說了些什麼。聽不懂是什麼意思。這傢伙是笨蛋嗎？為什麼我得讓這種傢伙打得這麼慘。有哪裡不對勁，不應該是這樣的。

「我……我跟其他傢伙不一樣。」

腫脹的嘴唇洩出聲音。

「跟你年紀相仿的小孩都講這種話。總而言之就是大家都一樣。」

「不、不對。因為我是吸血鬼。我高貴，而且強大……」

「強大？連那傢伙都不曉得如何呢。」

津輕慢慢地舉起右腳的腳跟。

「德古拉伯爵呀，還剩下骨頭。」

在思考這句話的意義之前，致命一擊已經降下。少年的意識最後捕捉到的，是混濁的藍色月亮。

或者，那也許是津輕的眼眸。

心想飛塵與石牆的倒塌聲終於停了的幾分鐘後，哼著歌的真打津輕，從破掉的窗戶回到室內。大衣、鞋子和手套皆與先前無異。只不過，臉頰上有看來像是反彈的血的痕跡。

「我收拾乾淨了。」

「辛苦了。」

「輕而易舉的早飯前小活動。因為還是半夜三點嘛。」

簡潔交談後，偵探與助手望向委託人。

「戈達勛爵，我們的工作就到這裡。這樣一來案件就結束了。雖然不知道是不是最好的結束方式。」

「您的公子看來似乎是不喜歡討好人類。聽他說，他為了讓吸血鬼復權而有過各種計畫。」

「……」

戈達勛爵無言以對。真相的震撼，次子的行動，還有剛剛聽到的兒子的真心話與「我收拾乾淨了」這麼一句話，一次要接納這麼多實在太過沉重。

為什麼？宣誓書。人類。吸血鬼。拉烏爾。漢娜。是哪裡出錯了？我們本來應該進展順利的。漢娜的理想應當是領導著全家的——

津輕重新蓋上蕾絲罩子後拿起鳥籠，向似乎是坐著昏過去的庫洛托與夏洛特點頭打招呼，閒適地往房門走去。以步伐均等的走路方式前進的靜句也跟隨在後。

「恕我冒昧，讓我告訴您一件事情吧。人與怪物是無法共存的，一起生活根本不可能。」

經過戈達勛爵旁邊時，津輕低聲說。

「這是曾經一起生活過的本人說的，所以錯不了。」

11

「傳聞我是聽過啦，但我還是第一次看到不死呢。」

「這是正常的吧。因為世界上只有我一個人。」

月光照射進來的狹窄休息室。青髮男人面對從布包出現的頭顱，只是驚嘆不已。

「你不相信嗎？」

「不，我當然相信。」

如此當面說話也不能不相信了吧。而且，作為怪異生物這一點，自己也是類似的，不能接受就太不知趣。

男人再度凝視這個怪物。洋溢憂愁與天真的美貌，然而脖子以下空無一物，這種不需要多說的不舒服。原來如此，這個只要在臺上露個臉，觀眾席一定會陷入地獄般的哭喊吧。

「是個女孩子真是嚇壞我了。我還以為所謂的不死，是個像仙人那樣走路蹣跚的老頭子。」

「因為是長生不老所以會變老呀。從變成這種體質的那一天開始，我就停止成長，頭髮和指甲都不會生長。九百四十七年之間，一直是十四歲三個月的樣貌。」

男人在腦海中打起算盤。九百四十七年前——是平安時代嗎？

「可是為什麼只有頭部？」

「半年前，脖子以下的部分被某個白痴拿走了。」

「哎呀就算是這樣我也不解。我聽說不死就算頭被狠狠砍下也能馬上復原。」

「對。一般情況是不論受了多重的傷，也能以頭部為中心再生。源平合戰時，我曾經被斬首後頭直接被丟下懸崖。著地的時候身體已經全長出來，就用兩隻腳逃走了。」

「真是歷盡滄桑的人生呀。」

「只是活得久而已。」

「不過，那麼一來就更奇怪了。為什麼現在的妳不能恢復原狀？」

「不死就只有那麼一個敵不過的東西。」

「妳是說鬼嗎？」

「哦，你很懂嘛。」

「因為在當藝人之前，我是做那方面的工作的。」

「真是歷經滄桑的人生呀。」

「妳沒資格說我。」

男人一副「話雖如此還是不對勁」的樣子歪著頭。

「我確實聽說鬼造成的傷不能馬上痊癒，那是因為他們能消除怪物的再生力吧。意思就是，如果妳是被鬼砍頭的，應當會變成跟那些人類被砍頭後相同的狀態。也就是說會死亡。可是妳還活著。」

「答案總是遠在天邊近在眼前，『殺鬼者』。」

少女彷彿出謎題一般地說。

思考了一會兒後，男人說了聲「啊，原來如此」，拍了一下手。

「對。確實跟你說的一樣，鬼能讓怪物的再生能力失效。但如果那是個和別的生物各混了一半血的，半吊子鬼又如何呢？影響對手的程度也會減半。是可以傷害不死。但是始終只是削弱再生能力，無法殺死不死。結果，造就出了一個會說話的頭顱。」

「那麼，襲擊妳的是半人半鬼了。」

「應該只能這麼認為了。不過那個動手的人完全遮住臉，我看到的只有那傢伙跟隨的頭子。是一個沙啞聲音的拄杖老人，而且不是這個國家的人。是異國之人。」

「拐杖……異國之人……」

「對，是外國人。不曉得他們是怎麼查出地方的，但突然就襲擊我的住處，靜句受了重傷，我變成這副不成體統的模樣。老實說我認輸了，就算想拿回身體，但是他們的行蹤落在遙遠的地方，我只有頭也無計可施。」

望著男人的身體，少女的聲音說了句「但是」後繼續下去：

「雖然同樣是半人半鬼，但就胳臂上的血管數量來說，你看起來並不是人與鬼各一半的樣子，鬼的濃度遠遠多得多了，密度也高。所以對怪物的效力也強。因此，根據我的判斷……你應當也能殺死不死。」

妖豔地微笑後，少女再次說出一開始的請託，「你可以殺了我嗎？」彷彿邀約「要不要散步去那邊一下？」的輕率。

不過男人不能回答「那我們走吧」，取而代之的是緊閉雙脣，抱著胳臂。

「雖然沒有我能說這話的道理，但急著想死不好吧？」

「呵呵，急著想死？這話能對活了將近一千年的我說嗎？哪來什麼急著死，根本就是太慢死吧。」

少女還是維持著輕率的口吻。

「活得久呢，很多事情就變得無所謂了。在這個年紀只剩個頭顱還能活著一點都沒意思。雖然死了比較好，但很不湊巧，我就算想死也不能輕鬆實現心願。我唯一的依靠只有你。」

「嗯……」

「你是在不知所措嗎？」

「不是啦，從我聽到妳說要交易的時候開始，就覺得妳應該是希望我殺了妳。」

少女皺起眉頭，微微側頭——這麼小的動作似乎沒了身體也做得到。

「說到交易，那是在我從布包露臉出來之前的事情吧。為什麼你猜得到？」
「妳是這麼說的。『如果你願意答應接受我的請託，我就延續你的壽命』。因為妳不是說接受我的請託，而是說如果願意答應接受我的請託。我覺得呀，這麼說一定就是我要是接受了請託，這個人就不能延續壽命了。也就是說，這個人是求死的。所以，請託的內容一定是殺了我吧。」
少女很是意外地圓睜紫色眼眸，和背後的女傭互看。男人從剛才開始就誤會她是聲音主人的女傭，也露出微微吃驚的表情。
「原來如此，看樣子你不是個笨蛋……能讓你這樣的傢伙殺死，我或許也很幸福。」
「謝謝誇獎。不過我拒絕妳的請託。」
「你說什麼？」
「我說『我拒絕』。我不會殺妳。」
男人一說完，少女也陷入沉默。兩人一時之間，交纏著脫離凡人的蛇一般的視線。
外頭再次傳來風聲。
「你應該是一邊和鬼同化，一邊硬是維持不安定的肉體吧？要是你不殺我，不久後你也會死的。」
「我會延續壽命下去，但是我不會殺妳。」
「要是你想開玩笑就免了，『殺鬼者』。不論如何我可沒有脖子以下的部分，做不出呼應笑話的滑倒姿勢。」

識趣的威脅字句讓男人嘴角漾出了笑。

「我再讓妳瞧瞧另一個我不是笨蛋的證據吧。剛剛妳是說『想拿回身體』吧。這句話的意思不就是，要是身體拿得回來就能設法恢復原狀嗎？」

少女謹慎地瞪著男人，同時回應「對」。

「只是減弱不死的能力，並不是使其消失。既然脖子以上還好端端的，那麼脖子以下的細胞應當也是活著的。因為沒有腦，所以那部分大概是假死狀態吧，如果拿回來讓切口貼合，我的身體應該會復原……但是，對方的所在地太遠了。」

「妳果然對他們的下落有眉目。在哪裡？」

「應該……是在歐洲。」

歐羅巴洲。海的另一邊又過去的另一邊嗎？確實遙遠。不過——

「明明有可能復原卻要就這麼死了，不是令人生氣嗎？就死馬當活馬醫地去找他們不就好了？我說，妳也不希望讓妳的主人就這麼死了吧？」

徵求女傭——名字好像叫做靜句——的同意。女傭以萬分冷靜的聲音回答：

「我只是奉命行事。如果鴉夜小姐說想死，我就樂意去找能讓她死的方法。我的感覺一點都不重要。」

「那妳就只是受人控制的人偶。」

「我們這族的家訓就是當個傀儡。」

「難道這不是死板思考的錯誤嗎？」

「……」

女人依然沒有任何表情變化，但看來眼神的銳利稍微增強了。

「好奇怪的『殺鬼者』呀。」桌上傳來聲音。「勸我這些話，對你有什麼好處？」

「好處多著呢，所謂的一舉兩得就是這麼回事。看樣子拿走妳脖子底下部分的白痴，跟讓我變得不是人的傢伙是同一個。」

少女充滿警覺的臉部隨即放鬆了。男人心想「哎呀，發愣起來愈來愈可愛了呢」。

「聲音沙啞、手持拐杖的老頭子，而且是個外國人吧？嗯，我記得一清二楚。抓住我的傢伙也是這模樣。不會錯的。」

「這我倒是沒想到……唉，不過確實如此，擁有半人半鬼化技術的人是很罕見的。假如他們是用你來實驗，然後再把試過的技術用在同伴身上……」

「大致就是這樣吧。還有雖然我不知道他們的目的為何，不過後來就是襲擊妳，搶走妳脖子以下的部分。」

男人向少女走近一步。

「找到他們也許就能復原。妳有線索，但沒有能追他們的身體。而我雖然沒有線索，卻有身體能移動妳。怎麼樣，我們的目的是一樣的。要不要一起行動？」

踏進蒼白的月光中，男人配合頭顱眼睛的高度望著。少女似乎正在躊躇。聲音含糊，只說了句「可是……」，又含糊起來。

「妳是覺得只剩一顆頭還是活著也沒意思吧？沒這回事，就是因為變成這樣，才有一大堆有意思的事。」

男人向不死的怪物伸出爬了青色血管的指尖。然後取代牽手，輕輕抓起流瀉到桌上的黑髮髮梢，溫柔地向少女笑了。

「我會讓妳享樂的。」

12

黎明將至。

在開始泛白的天空下望著的城堡，不過是古老生苔快要倒塌，完全感受不到恐懼和瘋狂的普通廢墟。少女記者阿妮・凱爾貝爾心想「是這樣的地方呀？」，不知為何生出一種遺憾。

下了搭乘前來的馬車，靠近居館一看，發現玄關前停了另一輛計程馬車。滿是鬍子的男人一副非常疲憊的樣子坐在駕駛座上。

「不好意思，請問您在等誰呢？」

向車夫攀談時，對方煩惱了一會兒後，想要說「偵……」又閉嘴，換說「攜帶鳥籠的奇怪客人」。

「鳥籠？是『鳥籠使者』嗎？是偵探嗎？已經到了呀！」

「不是已經到了，是現在要回去了。」

「回去……咦！案子呢？已經解決了嗎？」

「似乎是這樣。我人沒在現場。城的後面傳來了好幾次巨響，我還以為自己死了。」

一邊聽著，阿妮一邊驚訝過度地緊握手冊。本來是估計抵達的偵探們應該結束第一次搜查了才趕來的，沒想到已經解決了。自己太天真了！

「大小姐，妳是那些人的朋友嗎？」

「是沒有到朋友的程度啦……還有我不是大小姐，我是巴黎《新時代報》的特派員……」

但沒空遞上名片。玄關的門打開，城主們現身。

吸血鬼尚・度舍・戈達勛爵，中年管家，還有雙手拿著行李箱的女僕，提著鳥籠、身穿大衣的男人，即車夫所說的「奇怪客人」。

「真打先生！」

阿妮揮手，跑到「鳥籠使者」身邊。津輕回以「哎呀哎呀哎呀妳好呀」的和善招呼。

「這不是阿妮小姐嗎？真湊巧呀。怎麼這麼一大清早就在外頭？」

「哪有什麼怎麼，我是來採訪兩位的呀。輪堂小姐，您好嗎？」

「除了脖子以下沒了，其他都好。」

對鳥籠笑著說後，蕾絲罩子的另一側傳出開玩笑的聲音。似乎什麼都沒改變是最好了。不，站在輪堂鴉夜的立場應該是有所改變比較好。

「只用一個晚上就解決案子了嗎？」

「哦，妳消息挺靈通的嘛。」

「這還用說，畢竟是至高無上的《新時代報》呀。可以的話，可以麻煩告訴我真相嗎？」

「小事一樁。靜句小姐，因為這樣所以可以請妳先搬行李上馬車嗎嗚喔！」

回頭看向女僕的津輕，立即發出慘叫向後跳。因為一對上眼，靜句便揮動行李箱用尖角招呼過來。

「妳、妳在幹麼啦很危險嗳！」

「我剛剛想到一件事。先前鴉夜小姐給了我命令，說『等一下痛揍津輕一頓』。」

「用不著在拿著行李箱的時候想起來呀！」

彷彿在說「少講廢話」，靜句朝津輕步步逼近。臉色蒼白的津輕對一旁的戈達勳爵說「麻煩您照顧一下師父」，將鳥籠交給戈達勳爵，接著開始和女僕玩起沉默的我跑你追遊戲。

「他們……感情不好吧。」

阿妮用發愣的聲音說道。「就像是姊弟那樣。」鴉夜說。

「對了，關於案件的詳情，可以請妳向那位管家先生請教嗎？我還有些話要跟戈達勛爵說。」

阿妮乖乖地點頭，跑向一臉神經質表情的管家。

戈達勛爵出神地望著跑走的少女記者。接過來的鳥籠，比想像中的還要重一些。

「您還好嗎？」

蕾絲的另一側傳來聲音。

「哦，嗯。不管怎麼樣，還是必須將真相公諸於世……」

「不，我不是說那個。快要日出了，您能待在外面嗎？」

「啊，哦，是這件事呀。您說的是，我不快點回去可能就糟糕了。」

戈達勛爵瞇著眼睛望向漸層明亮的天空。對於習慣黑夜的自己來說太過眩目的朝霞正在擴散。這是吸血鬼絕對碰觸不到的世界。

「……太陽快出來了。」

「可是，夜晚也很快就會再度降臨。」

鴉夜以爽朗的聲音蓋過戈達勛爵低聲的話語。

「您無需憂愁，戈達勛爵。名譽掃地再重來就好，不管要多少次。不論如何，我們都是不會死的怪物呀。」

「……我和內人錯了嗎？」

「偵探的工作已經結束了，解開這個謎題不含在契約裡。」

戈達勛爵看了鳥籠一眼。即使晨光中試著透光還是看不見蕾絲裡面，不清楚鴉夜的表情。

聽著開始出現的鳥鳴，兩人暫時持續沉默。一旁，以拚命的表情奔跑的津輕，以及邊揮舞行李箱邊追著他的靜句橫越而過。

「對了，您有什麼話要跟我說？」

「嗯，對。我一定會請教委託人這件事。請問您有沒有對這樣一個男人有印象？七十歲到七十四歲，個子瘦瘦的。沒有鬍子，雙眼凹陷，駝背。右腳是義肢，走路的時候拖著腳。手拄著黑色拐杖，握把的部分刻了一個金色的『M』。」

「裝義肢的老人呀……」

儘管試著就所知的範圍搜尋關於義肢男人的記憶，卻找不到這樣的人物。一回答「我沒印象」，蕾絲罩子便些微搖曳，似乎是鴉夜在嘆氣。

「您在找那個男人嗎？」

「就是把我脖子以下的全部，還有津輕半個身體拿走的白痴。」

「難道……這就是兩位到處旅行的理由？」

「是的。為了取回身體東奔西跑，不停製造笑料。連我自己都覺得是齣大笑劇。」

這聲音聽來與其說是感覺諷刺，不如說是打從心底樂在其中。

「我知道那個人應該是以歐羅巴洲為根據地。因為他的拐杖材質是這個地方特有的歐洲楢樹。但是，我只能推出這麼點資訊而已。不，應該是說對方隱藏資訊的能力強到只能讓我推出這一點而已──總而言之，是個難對付的對手。」

尋求失去的身體，沿著極少的線索，在異國徘徊的鳥籠中的頭顱。

美麗的不死身怪物，以及非人的徒弟。

「輪堂小姐，兩位……」

戈達勛爵開口想要說些什麼──但這時，計程馬車的另一邊響起「碰！」的吵雜聲響。

結束採訪的阿妮回頭的時間，正是聲音響起之際。接著計程馬車的後方塵土充滿力道地揚起。

不久，少了一個行李的靜句現身，跟在後頭走著的是腳步搖搖晃晃的津輕。交到他手裡的行李箱一個角被壓得變形，男性襯衫自縫隙擠出。

阿妮回到馬車面前，看著津輕的臉。

「真打先生您沒事吧？頭在流血喔。」

「不用擔心，我習慣了。」

「習慣了呀……」

「老爺，天也要亮了。要不要動身了？」

車夫對他們說道。

靜句彷彿不曾有過方才的暴力行徑，畢恭畢敬行了個日式禮，打開計程馬車的門坐進去。戈達勛爵再度望向天空，然後將鳥籠還給津輕，說了句「那麼，就此道別……」，朝玄關走去。

日出將近的影響，離別並不盡興。

「師父，又是可怕的晃個沒完的路程。您可以嗎？」

「你這傢伙，別讓我想起不愉快的事。先籌出要給車夫先生精神賠償金吧你。」

「小事一樁。」

彼此戲謔後，津輕將鳥籠交給馬車裡的靜句，接著自己也打算上車。但——

「請留步。」

阿妮抓住他的胳臂。他回頭一看，少女記者正打開記事本，舔了一下筆尖。

要整理成報導的，除了案子的詳情，還有另一個不可或缺的東西。

「請總結這次戈達勛爵的案子，以偵探的身分發表簡單的評語。」

「評語?這樣呀。」

津輕大方地摸了一下下顎。

「聽說戈達勛爵在漫長的生涯中,三次失去了家人。這次的案子他失去了妻子,以為第四次已經就此結束卻還沒完,就在不久之前他死了一個兒子。」

「真是悲劇。」

「沒錯。雖然師父以『笑劇』一笑置之,但確實是悲劇。禍不單行。雖然日本有句俗話說『發生兩次的事就會發生第三次』,不過放在戈達勛爵的案子來看連那都超過了。也就是說——」

「是什麼?」

「發生四次的事情就是戈達。」(註4)

用異國的詞彙作結,真打津輕微笑著坐進馬車,關上車門。

幸好阿妮・凱爾貝爾不諳日語,無法將這讓人冷到結凍的評語翻譯出來寫成報導。

13

巴黎高級飯店的休息區。角落深處的一張桌子,一位老紳士正攤開報紙。

---

4 戈達與日語的「紛亂」諧音。這句話的意思是「發生四次的事情就是一團亂」。

大報社的《新時代報》。並不是偏愛這報紙，只是無心地將放在大廳的東西拿來。一邊喝著早餐後的咖啡，一邊閱讀頭版的大標題。打開報紙，第二版和第三版也稍微瀏覽，全是圍繞昨晚市內發生的大案子的報導，還有相關的採訪。再回到頭版，老紳士讓人感到嚴格理智的堅毅嘴唇出現縫隙，輕輕地嘆了一口氣。

背對休息區內交錯的聲音或是來自外界的早晨喧囂，他開始閱讀報導。偶爾像是在思考什麼，剃去鬍子的下顎稍微動了動。右手放在杯子托盤的旁邊，食指「咚、咚、咚」地敲著遲緩單調的節奏。

老紳士看完頭版時，有名女子靠近他的座位。

閃閃發亮深褐色的長髮，美麗的千金小姐。明明是在室內卻不知為何拿著一支細長的陽傘，不是直接穿越休息區的中央，而是沿著形成陰影的牆邊步行而來，彷彿是在隱藏她的美貌。

「時間快到了。」

一到老紳士的座位，她便湊到耳邊這麼說。老紳士沒回應，將《新時代報》放在桌上。

「聽說亞森・羅蘋現身巴黎歌劇院。一如預告從天而降到舞臺上，偷走固定在主演女演員衣服上的寶石，巧妙地逃走了。」

「羅蘋……就是最近熱烈討論的怪盜吧。」

「聽說『怪盜帶著定居在巴黎歌劇院裡的「怪人」，消失在夜晚的黑暗之中』。我本來對魅影有興趣，這下子卻被搶先一步了。」

「真是遺憾。」

「寶貴的人才被搶走了。」

「要怎麼做？」

「當然是不管了。現在沒空管怪盜小子。」

又喝了一口咖啡，老紳士吃力地站起。

「至少，是現在。」

他握住靠在椅子旁的黑色拐杖，一邊拖著不自由的右腳，一邊和女人離開休息區。

攤開的報紙角落有一則〈「專查怪物的偵探」解決裘爾吸血城案〉的小小報導，老紳士從一開始到最後都不曾關注絲毫。

第二章

人造人

「神因憐憫而讓人類的外型類似自己，美麗而充滿魅力。但因為這身體和你骯髒的仿造外型十分相似，所以更加毛骨悚然。」

（瑪麗・雪萊《科學怪人》）

0

——快完成了……終於快完成了……今晚就能誕生……

聽到，聲音。

——醒來吧……醒來吧……

不知是來自何方的聲音，也不知是誰的聲音。所有的事物都不清不楚，宛如煙靄籠罩。即使如此依然受到導引，微微睜開眼睛。

——太棒了……對……抬起眼皮……

看到像是焦點模糊的天花板的物體。同時有所知覺。自己正躺著，躺在像是張堅硬床鋪的檯子上。這裡是哪裡？還有——還有自己是誰？

——就是這樣……但是別慌……慢慢來……

胳臂，雙腳，指尖。各自的感覺一點一滴透過神經傳來。身體似乎非常沉重。不，這是輕的感覺嗎？不懂。什麼都不懂。

——很好，起來……讓身體起來……

聲音更加昂揚地訴求。一面感受整個身體發出「嘰嘰嘰」的聲音，一面先動了動脖子。然後是肩膀，碰著石臺的手肘。緩緩地，緩緩地，視野動了。從天花板到牆壁，再從牆壁到自己的身體。

不知從何而來的聲音，宏亮地大喊。

——太好了！成功了……

1

一八九八年，比利時——

撞擊窗戶的大顆水珠，不論過了多久都沒有減弱的跡象。

走近玄關旁的小桌，凡．斯隆持續悶悶不樂地望著屋外景色。劃破天際的閃電，照出經驗豐富宛如殺手冷酷且充滿男人味的臉。聽見慢了幾秒鐘後響起的雷鳴也不為所動，他用鞋尖踩熄剛才吸過的雪茄。一旁的菸灰缸裡，火柴燃燒過的灰燼和菸蒂堆積成山。

冬夜，十二月的冰冷雷雨。

每當風一吹，房屋的柱子便令人擔心地晃動，玄關前的庭院已化為泥沼。但是外面連個人影，甚至連一點光都看不到的原因，不全是大雨的影響，在這布魯塞爾郊外的鬼城，這是如常景象。

凡‧斯隆棲身於這宛如祕密基地──不，實際上說是祕密基地也不誇張的小研究所，已經過了將近半年了吧。看著身為雇主的博士一天比一天愈來愈激動的情況，還有從今天也和助手一同關在地底下超過四個小時看來，「研究」似乎正在接近完成階段。不過，不曉得具體的進度究竟如何。也無意積極了解。

只是做吩咐的工作，然後拿錢。對凡來說這就是一切。現在也是依循這作風正在工作。以防萬一不讓非相關人士進入地底下的研究室，在鎖頭因陳舊而損壞的大門前，負責玄關大廳內的監視工作。

不過這種天氣，應該也不會出現那樣的萬一吧……

「請等一下，克萊夫博士，為什麼您這麼──我懂，我都懂，所以請冷靜下來──」

好像正在爭執什麼，傳來女人的聲音。凡走到通往地下的階梯，往裡頭瞧。

莉娜‧蘭徹斯特關上研究室的門，從地下上來玄關大廳。每走幾步就回頭注意研究室，似乎十分困惑。

「怎麼了嗎？」

「我被趕出來了。」

注意到凡後，莉娜垂下戴眼鏡的臉搖了搖頭。棕色的短髮輕輕搖曳。

「又是老樣子，博士發脾氣？」

「不是，實驗並沒有失敗。不如說，進展得非常順利……可是，他好像想靠自己一個人的力量做最後的收尾。他說『我已經不需要助手了』。」

「最後的收尾……意思就是——」

「完成了！終於完成了！」

凡打算詢問更多之時，博士的粗厚聲音從地下流出。

「今晚就要誕生了！我創造出來的！神力所及，科學的結晶，終極的生物……人造人！」

這興高采烈的話語彷彿惹怒了上天，轟隆巨響再度襲擊玄關大廳。

因為閃電嚇得身體發抖的莉娜絆到腳，凡粗壯的手扶住她的肩膀。她似乎精疲力盡。持續置身在那位博士的瘋狂中，這也是理所當然。

「沒事吧？」

「我想要喝點什麼能提神的酒……」

「上面有白蘭地。去喝一杯冷靜一下吧。」

凡扶著莉娜，爬上階梯往二樓的廚房去。讓她坐在椅子上，從零星擺放餐具的櫥櫃取出酒瓶，倒入玻璃杯交給她。莉娜小聲說了句「謝謝」後接過去。

莉娜喝白蘭地的時候，凡倚著牆，動也不動地望著她。

莉娜・蘭徹斯特和普通女性截然不同的地方有三個。第一，身為年輕且擁有無與倫比的天賦才能的科學家。第二，儘管如此卻捨棄了樸實的研究工作，在這個地方擔任珀里斯・克萊夫這位異端天才的助手。而第三，就是即使置身於這種環境，穿著沾染屍體味道的白衣或襯衫過日子，頭髮長度只到脖頸兒，卻美麗得令人吃驚。

宛如野鳥黑喉鴝般的純樸眼睛引人注意，然而從鼻梁到嘴唇一帶成熟的平衡增添嫵媚。只要去街上繞一圈，追求的有錢人一定接連不斷吧。雖然博士相當奇怪，但這女人也是旗鼓相當。

「快完成了嗎？」

用沒有起伏的聲音，凡重複剛才想問的問題。看來稍微恢復平靜的莉娜，雙手握著玻璃杯點頭說了句「是呀」。

「博士也說了吧，說『今晚就要誕生了』。必要的步驟已經全部做完，剩下的只要等那個醒過來。雖然還不知道是不是成功，但不論如何就是今晚會有結果……」

「這樣呀。」

「嗯。」

莉娜的心中，好像混合了開心與愧疚。一會兒後，那雙眼睛轉移視線到黑暗的窗戶上。

「好大的雨。」

「今天看來不適合當生日。」

不，想起即將誕生的那個，也許該說「非常適合」吧。

這時，底下傳來「嘰咿」的聲音。

既非雷也非風，是玄關大門打開的聲音。凡與莉娜彼此互看後，衝下階梯回到一樓。站在玄關大廳的，是個像是介於相關人員與非相關人員之間的人物。

骨瘦如柴的臉，殘留青澀的年輕人。雙眼充血，外套濕透，牢牢沾上泥巴的足跡從門口延續到大廳正中央。

「霍斯汀……你來做什麼？」

「我是來阻止你們的。」

沾滿雨珠的鼻頭面向這邊，阿爾伯特・霍斯汀回答。

「原來如此。你害怕了是嗎？」

「不是。我重新思考過了。克萊夫博士根本異常，我已經受不了了。現在還來得及，這麼瘋狂的研究應該停止……」

「太遲了。」

走下階梯的莉娜，站在凡的背後說道。

「今晚就要完成了。搞不好已經醒了。」

霍斯汀大吃一驚，站著動也不動。從大衣滴落的水滴，在地板上描繪出一點一點的圖案。

「做、做出來了……真的嗎？做出那個怪物來了？」

「怪物，嗎。」

凡伸手攬住霍斯汀的肩膀。

「我說小夥子，別用那種像是講別人事情的講法。你說的『怪物』製造，我和你都參與了。我挖開墳墓，你盜賣屍體。雙手既然弄髒了，事到如今就回不去了。對吧？」

特意小聲說出口的威脅，讓青年不健康的臉變得更蒼白。

「既然你不是害怕，那重新考慮如何？」

「可、可是，這種研究……連結屍體製造人……」

——砰。

霍斯汀話還沒說完就閉上了嘴。凡也抬起臉。

像是龐大身軀從床鋪落下的那個聲音，聽來的確發自地下的研究室。

「怎麼回事？」莉娜低語。

凡踩著安靜的腳步，再度走近通往地下的階梯。往下一看，門關得緊緊的。

「博士，怎麼了嗎？克萊夫博士。」

雖然呼喊，但門的另一側沒有回應。

「我去看看情況。」

覺得有哪裡不對勁的凡開始走下階梯。後面跟著莉娜，以及一副膽顫心驚模樣的霍斯汀。凡儘管覺得有些不安，依然沒止住腳步。

直接走下階梯，前方有塊邊長一公尺、面積不大的正方形區域，正面和右側是壓迫感的牆壁，左側是研究室的門。古老的木製門，沒有能窺看的小窗。

凡邊敲門邊再度喊了「博士」，但沒有傳來對方的粗厚聲音。

「博士，我要進去了喔。」

凡轉動門把，輕輕往前推。

然而門打不開。

「鎖住了……」

小聲這麼一說，莉娜馬上大叫「不可能！」。

「不可能！難不成！」

莉娜推開凡，自己握住門把，但結果仍一樣。門打不開，亦無回應。

該怎麼辦？以法外之徒的身分活到現在的男人迅速下了判斷。

「我來撞破門。請退開。」

凡讓兩人退到階梯後，使勁撞門。幸好建築物老舊，第一次雖失敗，但第二次便順利撞破了門。和門板一起倒進研究室內側，肩膀受到狠狠的撞擊。

隨即，雷落在附近，從天窗射入的光照亮整個房間。交織於雷鳴之中聽見莉娜倒抽一口氣的聲音，霍斯汀「嗚哇！」的慘叫也傳進耳裡。

凡立刻起身，視野捕捉到房間的情況——接著，他原本冷酷的表情也因為恐懼而扭曲變形。

他看見了，仰躺在地上的屍體。

屍體和珀里斯·克萊夫博士體型相同，身穿和博士平常相同的服裝。上半身滿是血，這也是正常的——因為沒有頭部。

最後，戰戰兢兢地抬起視線——這才發現自己的正對面，一隻巨大的怪物，正以空虛的雙眼面向這邊，茫然地站著。

永遠沒有結束的閃電，持續從背後照著這醜陋的身影。

2

「『可是那個叫做真打的混帳，有夠慢的。說請等一下然後就跑出去一定是去哪裡閒逛吧。雖然他應該不會被威脅就逃走啦……唷，回來了呀。』

『您好，您好。老爺，討債的老爺。』

『不要用那種無中生有的稱呼。會被四周的人聽見的。』

『那就、黑道老爺。』

『這不是愈來愈難聽嗎？真是的這個笨蛋……那麼真打先生，你籌到錢了吧？我話說在前頭，我威脅你說要是不還出足額的錢就要放火燒你家，我可是認真的。』

『嗯，我知道。所以，我好好地拿這個來了。』

『唷，那就好。只要你能還錢就……這、這什麼東西？兩個大水瓶？裡面裝了錢嗎？』

『沒有，就是裝水。』

『裝水呀。說得也是，水瓶裡面裝的當然是水嘛。我竟然……不對，為什麼是裝水啦？』

『要說為什麼，就是因為老爺說要放火，我心想這可不行所以從多方籌來的呀。』

『白……白痴呀你，當然是沒有那回事呀。你要籌來的東西是錢！你拿錢來的話我就不會放火。你為什麼是拿水來！順序錯了吧？』

『啊，是要錢呀……原來如此。唉，我真是上當得徹底。』

『我才沒有騙你，是你自己搞錯了。』

『可是老爺，既然說水金地火木土天海，水和金就是差那麼一點點而已。』

『差得多了。夠了。你現在有多少我也不計較了，錢拿出來快拿出來！』

『咦……嘿嘿。關於這一點呀老爺，雖然很難啟齒，但我所有的錢都拿去買水了。』

『你、你用光了？你把所有的錢都拿去買水？』

『因為老爺說要放火。』

『就跟你說沒那回事……夠了真可惡，你這天大的蠢蛋！這樣子我真的要放火了。』

『好，我準備好了。』

『你拿水瓶是幹什麼！真是的到底是怎樣啦……唉。夠、夠了。我下次再來！下次你一定要好好準備錢！』

『好，你辛苦了。那就下次見。回去時路上小心……──定吉，定吉，出來吧！』

『沒問題了嗎？真是受不了……唉，這我真的是受夠了。你真的把他趕回去了。你跑來我家說只有水也好借你用的時候，我還想你要做什麼，你還真會想。』

『哎唷這沒什麼啦。這個，謝啦。』

『嗯。嘿咻──不過這不是很好嗎，房子不用被燒掉。』

『哎呀哎呀哪有這回事。那個傢伙真的就像他威脅說的那樣放火了──我們家的錢都快燒光了，窮呀。』」

「……」

「……」

「……」

「今天好冷呀。靜句，幫暖爐再多加點柴。」

「好的，鴉夜小姐。」

津輕迅速點頭，再度將還沒吃完的法式三明治送進嘴裡。

「沒有半點反應?反應呢?」

「怎麼可能有!你這一大早就專說無聊故事的傢伙!」

布魯塞爾鬧區的飯店，最高樓層的二等套房。適度豪華的房間內，梳妝臺上散亂著行李箱拿出來的小東西，房門前的掛鉤掛著滿是補丁的大衣，床旁擺著空鳥籠。

繼續旅行的偵探一行，從兩天前投宿於此。

「說無聊故事太沒禮貌了。是因為師父好像很無聊，我才說自己的有趣經驗給大家聽的呀。」

津輕的叉子尖端朝向沙發。看來柔軟的抱枕上，讓只有頭顱的身體在休息的，當然是輪堂鴉夜。因為剛睡醒，光澤的黑髮有兩、三根往錯誤的方向翹起。

「在無聊的時候又聽到無聊的故事是想怎樣?說起來，用那種愚蠢方法趕走討債的人一定是謊話吧!」

「我就說是真的了呀!」

「那麼，趕走之後要怎麼籌錢?」

「我趁著夜晚逃走了。」

「我沒問就好了……」

「鴉夜小姐，火這樣夠暖嗎?」

「剛剛又變得有點冷，不過算了。謝謝妳。」

「啊，靜句小姐，可以請妳順便拿那邊的胡椒過來嗎？」

津輕一拜託，馳井靜句便拿起放在推車上的小瓶胡椒，走到窗邊，打開窗戶，將瓶子往外面狠狠投擲出去。

「太冷淡了，而且無情」

悲痛的吶喊完全遭到忽視，面無表情的女僕回到座位繼續用餐。

桌上擺放的是塗好果醬的法式三明治，還冒著蒸氣的培根和濃湯，熱咖啡加上沙拉碗等等。兩人份的早餐。

鴉夜不痛快地瞪著餐桌。

「說起來我會覺得無聊，是因為你們無視我，美味地享用早餐。你們沒有體貼嗎體貼！」

「就算這麼說也無可奈何吧。」

「啊，好想吃培根。玉米濃湯也好。津輕給我吃一口。」

「師父吃了之後收拾很麻煩所以不行。而且，師父不吃東西也可以活得好好的吧？」

「我想要的不是營養，是味道。甜的鹹的酸的苦的辣的好吃難吃，舌頭所演奏的千變萬化的喜悅。頭顱應該也有吃東西的權利吧！」

「鴉夜小姐，請您忍耐。等一下我幫您在嘴脣上塗咖啡。」

「我、我不要。像是嘴饞的小孩舔嘴脣就滿足的空虛舉動我已經厭煩了。」

鴉夜以嚎啕大哭的力道輕鬆滾倒在沙發上。不肯聽話可能也是剛起床的緣故。傭人與助手面對面聳了聳肩。

靜句說「有沒有什麼能吸引注意力的東西？」，伸手拿起和早餐一同送來的報紙，津輕則像是安撫般地建議：

「我知道了。今天預定要出門購物。到時候我買糖果或巧克力吧。吃點心的話就不會弄得那麼髒。」

鴉夜的哭臉立刻消失，變了個樣子成為天真無邪的少女。

「不愧是津輕！人生就該有這種好徒弟！」

「雖然我是滿天花亂墜的，但師父也老是說些譁眾取寵的話呢。」

「反正買冰淇淋回來就是了。」

「冬天還要吃冰？」

「這樣挺別緻的吧。而且那個在日本不太吃得到。」

「好好好。」

「有玉米濃湯口味就好了。」

「那種味道的冰，過了一百年也做不出來吧。」

正當津輕伴隨無奈的聲音將鴉夜的頭立起時，靜句在報紙堆底下找到一張信紙。

「阿妮・凱爾貝爾小姐來信。」

鴉夜和津輕彼此互看。

「聖誕節祝賀還太早了。」

「上面寫著『這不是聖誕卡』。」

「那傢伙為什麼每次都知道我們在哪裡？」

「上面寫著『請不要小看《新時代報》的情報網』。」

「……很會讀呢。」

「信本來就是用讀的，這是當然的。」

「我不是這個意思。」

「我知道你是說讀心。那，她有什麼事？」

鴉夜一催促，靜句便瞇起眼睛，念出簡短的內容。

「『昨日深夜，布魯塞爾郊外的艾爾傑大道發生奇怪的殺人案。被害人是科學家珀里斯・克萊夫博士。看樣子是脖子被切斷，頭部被什麼人拿走了』。」

「哦，斷頭呀。有種親近感呢。」

「雖然殘忍，但好像沒有多奇怪。」

「『案發現場為地下的研究室，出入口只有房門一處。案發當時那扇門從內上鎖了』。」

「……是密室殺人嗎？」

「原來如此，那真的很奇怪。」

津輕輕易地轉變態度。

「『但是真正奇怪的部分從這裡開始』。」

「到底是在說什麼啦真是的。」

「『密室裡除了博士的屍體之外，還有他經過長年研究後製造出來的人造人』。」

一邊繼續用餐一邊打哈欠聽著的津輕，因為這句話讓培根掉到盤子上。鴉夜也發出深感興趣的聲音：

「人造人？」

「『正如字面所述是人類的手製造出來的怪物，不過智力似乎和剛出生的嬰兒相同。是這個人造人殺了博士，還是其他人做的，警方也十分困惑。因為其他事情到布魯塞爾來的我，對這案子很有興趣，我偶然聽聞輪堂小姐幾位還在這裡的消息。身為專查怪物的偵探，能否請各位助我一臂之力？我在案發現場恭候光臨。阿妮・凱爾貝爾，充滿愛的邀請』……信是這麼說的。」

「什麼充滿愛呀……」

鴉夜對信紙投以掃興的視線。

「寫得這麼逢迎諂媚不過在打什麼算盤很明顯，結果只是她自己想採訪吧。」

「『補充：報社不是慈善事業』。」

「……真的是個傲慢小女孩呀。」

「所以，怎麼辦？要去嗎？」

以單手拿起咖啡杯的津輕一問，鴉夜立刻在坐墊上毫不猶豫地回答「當然要去」。

「連飯都不能好好吃的我，娛樂就只有案件了。」

3

啊，好想吃培根。玉米濃湯也好。

一邊攏緊風衣，少女記者阿妮・凱爾貝爾心思飛到溫暖的早餐去了。

自黎明便為了收集資訊東奔西跑什麼也沒吃，胃裡相當靠不住。再加上眼前寂寥的街景，更是煽動空腹感。

位於布魯塞爾北側的艾爾傑大道，是個平淡無奇又討厭到令人吃驚的冷清城鎮。只剩邊框的窗戶，店名消失的看板，雜草叢生的庭院。馬路到處是空屋連綿，掛上門牌的住家哪怕是一戶也找不著。

不論怎樣的大都市都必定存在，宛如蘋果發黑的一區。吹過杳無人煙的馬路的風，感覺比鬧區寒冷許多，光是站著便憂鬱不已。信件應該已經送達收信人，但偵探們還沒到嗎？不快點來的話就趕不上明天的報導了……

「阿妮小──姐。」

正在思考是否該先回去一趟再過來的時候，注意到逐漸靠近的青髮男人。阿妮忘了空腹和無聊，用力揮動手裡拿著的筆。

「真打先生！我就知道你們會來！」

「收到小姐寫來的信呀，不能不來叨擾。」

「我也是充滿愛的呀。」

停下腳步的助手與偵探，各自以半開玩笑的口氣回應。津輕是老樣子的群青色大衣配灰色手套，鴉夜則是在蓋著蕾絲罩子的鳥籠內。

「靜句小姐分開行動嗎？」

「她去購物了，冰淇淋就交給她了。」

「冰淇淋？這麼冷還要吃？」

「聽說是這樣比較別致——對了，這裡就是案發現場嗎？」

津輕的視線望向前方的房屋。

即使在鬼城裡也是格外古老的獨棟房屋，方方正正乏味的二層樓建築。經過昨夜的大雨澆淋的庭院似乎依舊乾燥，應該是警方留下的粗硬腳印踩踏得到處亂七八糟。在有屋頂的玄關面前，兩位壯實的警官正在監視，以懷疑的眼神瞪著阿妮等人。

「這氣氛感覺不會讓我們進去呢。」

「就是呀。我從剛才開始就在傷腦筋……」

「總而言之，先盡量去拜託看看吧。」

一邊說著過於樂天的話語，津輕一邊冒冒失失地踏進房屋的庭院。阿妮也跟在後面。

果不其然，警官之一走了過來。

「你們想做什麼？」

「我是『鳥籠使者』真打津輕」，「我是專查怪物的偵探輪堂鴉夜」，「我是巴黎《新時代報》的特派員阿妮・凱爾貝爾！」

三個人的聲音同時重疊，警官們的表情變得愈發嚴厲。

「你們在說什麼？」

「聽說這裡發生和怪物有關的案件，所以我們前來調查。雖然冒昧，但能麻煩讓我們進去看一下嗎？」

「當然是不可以。除了相關人員之外禁止進入。」

「房子裡正關著危險的怪物，你們要是不快點逃走也會被吃掉的喔。」

一個說出惡作劇的話語，搭檔也露出微笑。警官們更往前走，亮出非常大的拳頭給津輕看，威脅道：

「要是你們說什麼都想進去，那就使出全力試試看呀。」

三秒後，一行人通過玄關進入屋內。

寬敞的玄關大廳既無家具也幾乎沒有裝飾，餿味撲鼻。小桌上放著裝滿了雪茄菸蒂與火柴灰燼的菸灰缸，視線移到地板上，則能看見滿是泥巴的腳印踏出一條線，連接到正面的地下階梯。右側有通往深處房間的走廊，左側則延伸出往二樓的階梯。

「沒什麼生活的感覺呢。為什麼會住在這種地方？」

站在大廳中央，津輕發出感想。

「因為從事人造人這種詭異的研究，避人耳目也是理所當然的吧。」

「總而言之，珀里斯・克萊夫就是以怪胎科學家的身分為人所知……這是博士的長相。」

阿妮從口袋拿出照片給津輕看。津輕和平常一樣，和高舉的鳥籠一同細看那照片。

熊——這就是對照片上的男人貼切的形容。寬肩膀，粗脖子，肌肉厚實的臉頰。濃眉，雙眼像是在對什麼生氣一般怒火熊熊，圓鼻底下蓄著幾乎遮住嘴巴的黑色鬍子。頭髮和鬢角茂密得亂蓬蓬，整張臉一片黑。雖然沒拍出胸部以下，卻不難想像應該有個突出的肚子。

「這個，與其說是科學家，不如說是住在深山裡的男人吧。」

「不過，聽說他還待在布魯塞爾自由大學的時候是以『天才』聞名的。大概在一年前他銷聲匿跡，昨天的案件終於讓人發現他……雖然是無頭的狀態。」

小聲補充後，阿妮打開記事本打算說明案件。

「我信上也有寫案發現場是地下的研究室吧？看樣子果然是基於研究性質，為了不讓人發現而在地下室進行。不過，昨晚研究進入尾聲……」

「有一個男人站在玄關大廳監視。」

突然，鴉夜接續阿妮的話說道。

「那個男人為了不讓研究受到不必要的打擾負責監視。看起來站了很久的時間。但大概過了四、五個小時，有人從研究室出來。恐怕不是博士，而是他的助手。助手似乎非常疲憊，男人扶著那位助手到二樓去。」

「咦、咦？」

阿妮目瞪口呆地看著鳥籠。鴉夜以像是在現場的口吻繼續下去：

「不曉得是讓助手在寢室休息，還是讓助手喝酒提振精神。總之，在男人照顧助手的期間，有另一個人從玄關進入屋內。進來的是位年輕男子，一副頗為慌張的模樣。回到一樓的監視人和男子起了爭執，但就在那時，地下室傳出不對勁聲音還是什麼。他們一起往地下室去，結果運氣差碰上了案子。情況是如此嗎？」

「……」

阿妮將雀斑臉轉向津輕。連徒弟看來也是大感驚訝。

「師父，您是怎麼知道的？」

「桌上的菸灰缸，菸蒂滿了出來。那就是有人在玄關前面持續抽菸好幾個小時的證據。每根菸蒂的長度都幾乎相同，所以是同一個人抽的。會吸這麼大量的菸，首先就能推測不是女人而是個男人。從和地下階梯的位置關係思考，就能得知是博士安排負責監視的人。

桌子底下只掉了一根扁掉的菸蒂。因為菸灰缸已經滿了，於是最後一根用腳踩熄。那時沾在鞋底的灰燼，在地下階梯的前面，還有通往二樓階梯的第一階都掉了非常少的量。由此能夠大致追出男人移動的路徑。」

聽到這些話，阿妮與津輕才趕到地下階梯前。地板上的確留有微量的菸蒂灰燼。而且到二樓的階梯一看，勉強能看出來第一階的踏板左端也沾到了。

「師父，您竟然能注意到這種地方。」

「因為我跟你們不一樣，視線的高度比較低。地板上頭的東西我看得一清二楚。」

「可、可是輪堂小姐，您怎麼知道那個人是在照顧博士的助手呢？」

「沾到灰燼的是踏板左端。一般來說，人在上樓梯時會走在正中間，但男人的鞋子往左側偏得太多。那是因為他扶著某個人，跟那個人一起上樓梯的緣故。就靠近地下階梯的跡象看來，能夠推測應該是在照顧某個從研究室出來的人，不過假如那個人是彪形大漢的博士，就很難想像兩個人並肩走上那狹窄的樓梯。也就是說攙扶的對象是苗條的助手。雖然有點罕見，但助手是女性嗎？」

「對，沒錯。博士有一名女助手。」

「哦，果然如此……我還沒提從玄關進來的人的事情。從泥巴腳印就知道是男鞋，明顯不同於警察的鞋子，是年輕人穿的。他進來以後留下泥土，也沒有打算脫下滴水滴個不停的上衣。因為他十分慌張。足跡在大廳中間一度亂了，顯現他和在這裡監視的男人起了衝突，但結果他還是走下階梯去了。因為聽到地下室傳來異常的聲音，那甚至也讓監視的男人忘了自己的任務。」

大廳響起「啪嘰」的快活聲音。阿妮在彈手指。

「不愧是輪堂小姐！漂亮！」

「沒什麼，這種事情活得久了自然就學會了。」

「就是所謂的老婆婆的智慧吧。」

「津輕，跟靜句會合後你給我先做好心理準備。」

「剛剛那樣說也不行嗎？」

姑且不管不只是頭髮、連臉都發青的津輕，阿妮對鳥籠豎起拇指。

「唉，好啦，總之就是師父狀態絕佳吧。這次的案子一定也能迅速解決！」

「感覺用不著我出馬，警方就能解決了。」

「什麼意思？」

「腳印呀。」

津輕與阿妮視線再度落到地面。

「房屋的前院，被好幾個粗硬腳印踩踏得亂七八糟。那是警察進入這棟房子時留下來的吧。但是說到屋內，一如所見沒有半個看來是警察的腳印，現場被保存得好好的。」

「確實如此。」

「意思是有人阻止了想要進屋的那些警察吧。」津輕說。

「對。就在他們即將進入時阻止了，要他們擦過鞋底再進來。是一個處在能對所有人下令的立場的人，應該是負責此案的搜查官吧。從屋外就洞察足跡的事情，可說是個相當能幹的人。」

這也是年長者的從容不迫嗎？鴉夜以高高在上的角度誇獎那個某人。

「那麼，實際上案發當晚是什麼情況？」

「啊，是的……幾乎，就跟輪堂小姐剛才推測的一樣。發現屍體的是三個人：負責監視的守衛和女助手，還有中途加入的一個男人。」

阿妮翻著記事本內頁。

「守衛叫做凡・斯隆，是個流浪者，據說受雇博士後也曾經做過破壞墳墓的事情。中途闖入的男人是阿爾伯特・霍斯汀，他是布魯塞爾自由大學的醫學生，暗中將大學使用的實習屍體賣給博士。收集屍體的目的當然是要拿來當人造人的零件。」

「好一個罪孽深重的博士呀。」

不知道為什麼，津輕語氣帶著開心說道。他也是個相當罪孽深重的人。

「助手名叫莉娜・蘭徹斯特。是個從大學時代就支持博士研究的年輕女子。昨天晚上她本來也和博士一同在地下的研究室工作，但在接近完成之時，博士跟她說『剩下的我自己一個人來』，把她趕了出來。」

接著，少女記者詳細地告訴偵探，她連吃早餐的時間都捨不得而去跟警官們探聽出來的案發經過。

聽到「滋」的聲音，三個人前往地下的研究室，破門進入後發現不完整的屍體與人造人。因為驚嚇，霍斯汀昏了過去，凡‧斯隆把霍斯汀搬到階梯上，這段時間莉娜努力讓怪物冷靜。怪物如同嬰兒不會言語，但也沒有失控大鬧，感覺出乎意料地乖巧。

喧鬧告一段落後，事已至此也無法顧慮研究將如何，決定要報警，凡命令醒來的霍斯汀在雨中跑去找警察。不幸的醫學生逮到巡夜的警官說明情況，同時再度昏倒，現在人躺在醫院裡。

經過後來的調查，得知屍體死亡時間還不到三、四個小時，而且除了頭部的傷以外沒有外傷。

「博士的頭，到處都沒找到嗎？」

全部聽完後，鴉夜問道。

「所有人作證一開始破門時，房內各處都沒看見。警察也到處尋找，但還沒發現。」

「院子裡的足跡是怎麼回事？」

「霍斯汀去報警之前，其他兩個人去確認了。聽說除了霍斯汀過來時留下的之外，沒有任何地方有足跡。」

「意思是除了那個醫學生以外，沒有其他出入的人了呀……玄關的鎖呢？」

「呃，請稍等一下……玄關的鎖，在案發前幾天就壞了。雖然不知道是單純房屋老舊造成的，還是人為破壞的。」

「讓守衛警戒是因為這樣嗎？研究室的門鎖呢？」

「研究室無法從外面上鎖，內側則有滑動式的簡易鎖。儘管在做祕密的研究卻非常不用心，但這種偏僻地方連小偷也不會光顧，而且聽說博士幾乎都在研究室裡生活。」

「那麼，出事的時候也是由內部上鎖囉？」

「就是這樣。」

「唔……」

鴉夜似乎陷入沉思，蕾絲的另一邊屏住呼吸過了一會兒。

「津輕，你怎麼看？」

「阿妮小姐調查得那麼仔細，我覺得真了不起。」

「問你這問題的我是笨蛋。」

「哎呀我是在說謊啦，我有認真在思考的……助手莉娜很可疑呢。她說被趕出來，我覺得就有點不太自然。是不是那個女人殺的，然後裝出沒事的樣子離開研究室？」

「不，這是不可能的。莉娜離開研究室後還有聽見博士的聲音從地下室傳來。那個時候她也沒拿任何物品。所以……」

「意思是她無法將切斷的頭部拿出房間囉。」

「而且，還有密室的問題。斯隆也作證莉娜關上研究室的門的時候，沒有出現任何可疑舉動。」

「哎呀哎呀，可是關於密室……」

唔，喔啊啊啊啊——

正當津輕想要說下去之時，突然有什麼呻吟聲傳到了大廳。

彷彿是用老虎鉗夾住年老男人的喉嚨灌他喝滾水將聲帶弄得稀爛後再將風箱塞進肺部硬是打氣進去再讓他發出聲音一般，總而言之是讓人覺得是不屬於這個世界的呻吟。聲音傳來的方向，正符合要求是在地面下方。

「嗯，爭論就先擱著吧。」

怪聲停止後，鴉夜以滿不在乎的聲音說道。

「總而言之，去看看他吧。」

4

走下階梯後左側的地下室入口是敞開的，正面的牆壁靠著壞掉的門板。朝向這邊的應該是原本在研究室內側的那一面。右側有圓形的門把，底下裝著滑動式的生鏽鎖頭。

「這是門閂嗎？」

「我認為是。」

「嗯……津輕，你去摸看看。」

聽了鴉夜的話，津輕輕輕地動了動門閂。鎖無聲無息地流暢移動。

「很好。進去裡面吧……哦，等一下，讓我看一下左邊。」

一穿過研究室的門框，鴉夜立刻又下令。津輕將鳥籠轉向吩咐的方向，裝設剛才的鎖頭的地方，迸出一片有洞的金屬片。

「固定的部分也裝得好好的呢。」

確認理所當然的事情後，鴉夜讓鳥籠轉回房間的方向。

「挺俏皮的研究室呢。」

誇大其辭地說。

大小約莫相當像樣的客廳。無頭屍體已經不在，天花板附近的小天窗注入溫暖的陽光，但即使有陽光依然令人感覺室內充滿瘋狂。

中央是石造的大手術臺。上面沒有放任何東西，電線和細玻璃管從天花板垂下。附近的地板有暗紅色的積血，看樣子博士就是倒在那裡。

裡面的架子上泡在福馬林裡的人類眼珠、皮膚、骨片與牙齒標本，跟藥品一同陳列，旁邊的架子則並排著手術刀、線鋸、鉗子、柯克鉗、針筒等等，應該是擺弄人體時能夠想得到需要的所有工具。門的左側牆壁非常近，並排的鉤子掛著血汙弄髒的白衣和夾克。往右側看去，和門同側的牆邊有張簡樸的床。更有應該是以前打算自己製作實驗裝置的苦心痕跡，連原本的樣子都看不出來的廢鐵和機械類的碎片，像是垃圾場一般地疊放，覆蓋了厚厚的灰塵。

滿是便條紙的寫字桌，附帶有鏡子洗臉臺的自來水管……逐漸描繪房間的模樣，不久後阿妮等人的眼睛捕捉到蹲在對角線上暗處的巨大人影。

「哦哦哦。」

彷彿在鑑賞美術品，津輕大大地吐了一口氣。

——人造人。

巨大。縱使蹲著，視線的高度也和津輕沒有差別。只有腰部纏了塊布，其他部分是赤裸的。全身肌肉結實，肩寬有常人的三倍，至於手臂的粗細宛如猢猻樹的主幹。但是比起手臂，腳就顯得有些細。頭的尺寸也小，所以看上去是個嚴重不平衡的體型。

而且那龐大的身體，是別人無法仿效的醜怪。頭、頸、肩、胸、肘、脛……皆爬滿大大的縫線，將顏色黯淡的皮膚接合在一起。右胸淺黑左胸卻為白色，臉雖是膚色但左上四分之一是紫色……之類的情況。悽慘的縫合痕跡也爬到手上，連到腳尖，也毫不留情地在沒有半根毛髮的頭、臉和唇蔓延。怪物將那因為傷痕與顏色不同的皮膚而詭異扭曲的臉轉過來，偶爾發出「唔、唔」的聲音。

「原來如此。奇怪歸奇怪，不過我們呀……」

「也沒有立場說三道四批評別人。」

「哈哈哈哈。」

「呵呵呵呵呵。」

津輕和鴉夜對彼此說道，接著像是覺得有趣地互相笑出來。阿妮畢竟沒辦法有那樣的心情。

「外、外面的警官說是正在限制行動，但這完全是置之不理吧？」

「唉這也很正常呀。感覺這個世界上到處也找不到能限制住這傢伙的鎖頭或繩子。」

「可是，置之不理卻沒有逃跑或大吵大鬧的樣子。」

「內在不是跟剛出生的嬰兒一樣嗎？是在害怕吧。」

聽了鴉夜的話，阿妮再度望向人造人的臉。

既無眉毛也無睫毛的小眼睛深處，愚鈍的眼睛正在顫抖。確實，也沒有對突然到訪的這群人表現出恐懼的樣子。似乎，隨時都會問出「是誰？」這問句——

「是、是誰？」

——安靜。

阿妮遲了一下後大叫「咦！」。

「真打先生，您剛才說話了嗎？」

「我什麼都沒說。反正一定是師父吧。」

「『反正』是怎樣啦你這傢伙。我才不是這種嘶啞的聲音。」

「也、也不是輪堂小姐？意思就是……」

「是，誰？」

「怪物說話了啊啊啊！」

嚇得站不穩的阿妮往後退了兩、三步撞上牆壁。津輕沒有太過驚訝，非常普通地點了點頭。

「哎呀，頭顱都會說話了，人造人應該也會說話吧。」

「可、可可可是，早上警方發布的消息說人造人不會說話也什麼都不知道……」

「是正在學習吧？」

鴉夜冷靜地說。

「或許招呼也能通。津輕，告訴他無需害怕。」

「好的。」

津輕毫不遲疑走到怪物面前，鞠躬行禮後，以天生的笑咪咪表情攀談：

「哎呀你好你好幸會。呃，你叫什麼名字呢算了沒差就用怪物老弟好了？怪物老弟。你不用害怕沒事的，我們雖然外表怪得要死但實際上並不是那麼怪……啊！」

可疑的招呼沒辦法持續到最後。

怪物突然以令人驚訝的敏捷動作伸出胳臂，從津輕的右手搶走鳥籠。用大得跟火腿一樣的手指抓住鳥籠的提把，興味盎然地瞧著鳥籠。

「喂、喂喂喂，這樣我頭很痛呀。那是我的師父……」

津輕苦笑著想要拉回怪物的左手，但一抓到胳臂立刻浮現出意外的表情。即使大衣的袖子膨脹起來，死命施力，粗了好幾倍的怪物胳臂依然不放手。

然後終於——

「唔哇！」

被對方像是趕小蒼蠅揮動的手打飛，津輕的身體猛力撞上牆邊的實驗器具架。倒地的同時，燒瓶與燒杯傾瀉到他頭上。

「真、真打先生！」

「喂！你這是怎麼啦津輕。一點都不像你的作風……」

然而鴉夜的話也就此中斷。怪物揮動胳臂時的力道使得蕾絲罩子掀起，讓鳥籠顯現內部。

怪物的視線從想要拿走玩具的礙事者回到不可思議的說話鳥籠，注意到裡面有個少女的頭顱。

「唔、唔哇！」

怪物發出害怕的聲音，將鳥籠甩出。這下子罩子完全掉了，鳥籠在地板上彈跳了兩、三次，聽見鴉夜簡短的「啊──」的慘叫。

「師、師父！」

「輪堂小姐！」

站起來的津輕急忙跳過手術臺趕到鴉夜身邊，阿妮也衝過來。

「師父沒事吧？天呀這太慘了！」

「不必擔心到這麼誇張。我並沒有什麼……」

「柵欄有一條歪掉了啦！」

「多擔心我一點呀！」

「真、真打先生沒事吧？雖然整個人彈飛出去了。」

「嗯我沒問題的，不過我真是嚇壞了呀……」

頭髮還黏著玻璃碎片，津輕回頭看向房間角落。似乎從頭顱景象受到嚴重打擊的人造人，過度巨大的身體蜷縮得愈來愈小。

「真是料想不到的天大力氣。我簡直比不上。」

「真的嗎？你不是為了讓我遭遇險境好抒發平日的鬱悶而故意輸的嗎？」

「我不可能對師父那麼做的。」

「你現在有一瞬間是在想『原來還有這招呀』對吧。」

「總而言之！」津輕慌張地加強聲音。「克萊夫博士好像真的是位天才呢。連接屍體創造出這種怪物真是了不起。」

「嗯，的確如此。人造人之類的是怎麼創造出來的……」

「克萊夫博士好像根據前人的手記為基礎而推進研究的。」

阿妮單手拿著記事本補充說道。

「弗蘭肯斯坦博士的手記。」

「弗蘭肯斯坦？」

「弗蘭肯斯坦！」

津輕一副在說「誰呀？」的樣子，鴉夜則是非常吃驚地重複著這個名字。

「原來如此，如果有他的手記，那麼能做出這等偉業也能理解了……那個手記，現在也在這研究室裡嗎？」

「應該是這樣，但聽說和博士的頭一起消失了。」

「消失了？那麼凶手的目的也許就是想要那手記吧。但是說到弗蘭肯斯坦……」

「請等一下。」

試圖插入跟不上的對話，津輕舉起鳥籠。

「那個名字像是戒名開頭的傢伙到底是誰？師父認識嗎？」

「沒見過本人只聽過大名。一百年前，真的製造出人造人的男人。」

可能是雲遮住了吧，從窗戶注入的陽光有些減弱，整個房間罩上了陰影。

鴉夜從鳥籠裡再度看向人造人的方向。百年前怪物的風貌彷彿重疊在那身形之上。

「如同珀里斯．克萊夫被人稱為天才，弗蘭肯斯坦也是個年輕的天才。出生於日內瓦的名門，在大學學習自然科學，憑藉非凡的才能和熱情，不久便抵達了生命根源的層級。做研究到走火入魔的弗蘭肯斯坦從墳場和靈骨塔收集屍體，夜夜連接那些部分，終於成功製造出一個人造人。那傢伙恐怕是世界上第一個人造人。」

「嘿，人造人的始祖嗎？那個人造人有順利動起來嗎？」

「根本就不是動起來的問題。那個人造人從弗蘭肯斯坦身邊逃走，到處殺害弗蘭肯斯坦的家人和朋友，最後找上弗蘭肯斯坦本人。」

「那又是為什麼？」

「因為孤獨。」

鴉夜極為簡短地說。

「聽說怪物要求弗蘭肯斯坦幫他製造一個伴侶，也就是女性的人造人。但是對自己的所作所為感到恐懼的弗蘭肯斯坦沒有接受這要求。悲憤的怪物從朋友、未婚妻到父親，一個接一個殺死創造者周圍的人。」

「真是災難。」

「或者可能是必然的結果……失去一切的弗蘭肯斯坦下定決心要殺死怪物，持續追或被追最後到了將近北極的位置，聽說碰到船難遇到航行中的船救了一命。結果他在船上被一路追蹤的怪物殺害，怪物則消失在北極的海洋裡，生死不明。」

阿妮的耳朵彷彿聽見怪物跳入海中的水聲，以及將怪物沖向某處的海浪吼叫。

「這是特別有名的故事吧？」

「是呀，算是有一定的知名度。」

阿妮回答提問的鴉夜。

有時當成規勸科學家們的教訓，有時當成讓孩子們心生害怕的床邊故事，弗蘭肯斯坦的故事在整個歐洲廣為人知。然而正因為如此，少女記者反而更覺得眼前的人造人很恐怖。不管怎麼樣都忍不住有一種對方隨時要站起來試圖殺死自己這群人的預感。

「師父為什麼會知道？」津輕問。

「不久之前，我見到了據說曾經搭乘搭救弗蘭肯斯坦那艘船的海洋冒險家。我直接聽那個人說的。」

「那是不久之前嗎？」

「是芝發生大火災的時候，大概是九十年前左右吧。」

「不久之前……呀。」

津輕與阿妮彼此互看。這時間的標準差太多了。

「那個男人，在弗蘭肯斯坦被殺的時候湊巧在場，說他曾經和怪物交談過幾句話。

我雖然本來也在想有一天是不是能和人造人見上一面，但沒想到竟然真有願望實現的一天……」

鴉夜深有感慨地露出微笑。

「頭、頭顱在說話！」

一名女子進到研究室。

5

棕髮剪得短短的，戴著圓框眼鏡，有著美麗五官的嬌小女子。記得曾在珀里斯・克萊夫相關的照片見過。

但是在阿妮開口之前她便走近津輕，在津輕提著的鳥籠面前蹲下。以臉幾乎要碰撞上去的氣勢抓住鳥籠兩側，目不轉睛盯著因罩子脫落變成完全外露狀態的鴉夜。

臉上不是恐懼，而是浮現好奇。

「這是什麼，怎麼做的？是活的嗎？是生物對吧？內臟在哪裡？不，不可能有這種事吧，怎麼看這都是頭顱。意思是只有腦就能活命？真是荒唐！」

「荒唐的是妳。為什麼突然冒出來講這麼多話？」

「這、這個人是莉娜・蘭徹斯特，克萊夫博士的助手。」

即使阿妮講出名字，戴眼鏡的女子依然執著於鴉夜，聲音高了八度音大叫：「說話了！」

「我沒有聽錯對吧。真的說話了！意思是正在振動聲帶？好像也有在呼吸的樣子……不過是怎麼做到的？不對，在這些問題之前，是為什麼還活著？」

「道理是解釋不通的。因為師父是不死的怪物。」

「不死？意思也就是……先等一下，我說你呀。」

莉娜一抬起臉，這次無止盡的興趣轉向津輕。站起來抓住津輕的雙頰，一下沿著臉上的線描繪，一下捲起衣服的袖子，到處東摸西摸。

「奇怪的髮色，發達的肌肉纖維……而且這條線，不是刺青吧！你的身體混雜了什麼在裡面。」

「妳懂是嗎？鬼就是這樣。」

「鬼？所以你是棲息在日本？真厲害！我還是第一次看到實物！」

「妳真是怪人。」

幾乎是被緊抱住的津輕遭到莉娜搖晃。鳥籠裡的鴉夜也一同遭殃，一臉不痛快的表情前後晃動。

這、這人是怎樣？這是什麼狀況？該怎麼辦才好？在遲遲不鬆手的女子旁邊，阿妮不知所措。就在此時──

「小姐，可以請您冷靜一點嗎？」

背後傳來聲音。

往入口的方向一看，兩個男人跟著莉娜踏進研究室。

一個是身穿制服表、情嚴肅的警官，另一個是戴著禮帽的中年紳士。剛才的聲音應該是來自這位紳士。

「對、對不起，警官。我忍不住就太投入了……」

看樣子總算冷靜下來的莉娜，手自津輕的肩膀移開。她稱為警官的男人穩重地回應：

「沒事沒事，這樣很好。誰都有不小心就被好奇心牽著走的時候。不過小姐，比起歡迎罕見的客人，是不是應該先讓身邊的他放心下來呢？他看起來非常害怕的樣子。」

莉娜嚇了一跳，接著跑向在房間角落小聲呻吟的人造人。

「抱歉。沒事了。沒有人會傷害你的……」

「媽、媽媽。」

「媽媽？你、你會說話啦？」

就吃驚這一點來說，人造人似乎也一樣。莉娜雙手摀住嘴猛搖頭，好像是在感嘆人造人的學習速度。

「應該是所謂的『銘印效應』吧。好像認定第一個接近自己的這位小姐是母親，就只有她說的話能夠不害怕地聽進去。」

這麼說著，禮帽紳士走近阿妮等人。

不同於後方臉色發青的警察，紳士即使面對人造怪物或頭顱少女，都未露出不知所措的樣子。

灰色的夾克與背心，領口的領結十分搭配，是個身材恰到好處的矮個子男人。擁有帶著和善卻有某種不能輕忽之感的綠色眼眸，眼角有細紋，單手握著手杖。最為顯眼的莫過於人中的漂亮黑色鬍子，仔細保養，左右對稱平平整整。

突然閃過直覺，阿妮看了鴉夜一眼。鴉夜在鳥籠中輕輕點頭示意。

——就是這個男人。

讓警察們擦過鞋底、保存大廳足跡的人，毫無疑問就是他。負責案件的搜查官，正是偵探所說的「相當能幹的人」。

「鳥籠呀……最近我常耳聞有這樣的偵探的事情……請問貴姓大名？」

「我叫真打津輕。這位是我師父——」

「我是輪堂鴉夜。」

「真打先生，輪堂小姐，兩位是東洋的名字呢。那麼，兩位就是專查怪物的……」

看樣子鴉夜他們的名字連在遙遠的比利時也是人人皆知。禮帽男人臉上綻放笑容。

「傳聞我是聽說過，但沒想到鳥籠裡面竟是如此可愛的小姐。人生呀，真的是不斷地出乎意料。」

「我懂。要是活得久就會發生更多出乎意料的事情。例如突然沒了脖子以下的部分。」

「哦。那麼，我也要多加小心才是。」

「警、警官，請您不要悠閒地談話。」

應該是部下的警員走上前來。看到鴉夜之後用力吞嚥唾液，像是要保持平靜般乾咳了一聲。

「雖然鳥籠什麼的我是不曉得，但打昏玄關外面看守的警員的是你們嗎？而且還闖入案發現場，這可是重罪。恐怕要送到署裡去……」

「別這樣，馬斯。」

警官制止了打算拿出手銬的警員。

「這幾位和我們是同行。逮捕他們就搞錯對象了——真是抱歉。這位馬斯有時候就是有點不知變通過了頭呢。啊，對了，抱歉遲遲沒有自我介紹。請叫我葛里（GREY）。」

「灰色（GREY）？」

「部下他們拿我的口頭禪開玩笑替我取的綽號。馬斯，你在私底下是這麼叫我的，我可是心知肚明喔。」

名叫馬斯的警員連耳尖也漲紅，閉嘴沉默不語。

警官看了一眼玻璃散亂的實驗器具架。

「不過偵探先生，搜查是很好，但弄亂現場我就頭疼了呀。」

「我也不是因為喜歡才弄亂的。是因為剛才被人造人打飛了。」

津輕一辯解，有葛里這個奇怪綽號的警官立刻說了聲「這樣呀」順從地點頭，視線移到巨大身軀蜷縮的房間暗處。

「那可怕的力氣我們也是深感棘手。聽說今天早上也有三名警員受傷。因為再繼續有人骨折的話可令人受不了，於是我才讓代替母親的這位小姐同行。」

代替母親的這位小姐——莉娜，正在謹慎地撫摸著體型比自己大數倍的怪物的背部。人造人似乎非常放鬆，看上去甚至有時候是在笑的。銘印效應確實起了很大的效果。

「總而言之呢，狀況就是如各位所見的這樣，如果能獲得『專查怪物的偵探』協助搜查，真的是感激不盡。我雖自認為精通人類的心理，但提到和怪物相關的案件就是門外漢了。」

「您、您怎麼這麼說呢……」

「沒關係啦馬斯。決定搜查方針的是我。」

葛里警官依然再度無視部下的不平，接著向鳥籠眨了眨眼。雖是裝模作樣的行為，但因為胖嘟嘟的外表反而有種可愛的感覺。

「我不知能否幫上忙，不過有位可以理解的警官先生就好辦多了。」

「犯罪搜查不可或缺的就是柔軟的想法……對了，輪堂小姐，您已經到處看過玄關大廳了嗎？」

「用不著到處看。」

「很好。那麼，您應該知道發生什麼事情了吧。門遭到破壞之後的事要不要我說給您聽？」

「這位淘氣的記者已經洩漏完畢了。」

「真可靠。」

非常自然，鴉夜與警官進行交談。

在玄關大廳觀察菸蒂與足跡，一一思考背後的意義，從人數到性別，甚至是各自的行動，再推測昨晚的情況——這種麻煩的招數對這兩個人而言，似乎是不必互相確認便能自然做到的理所當然的行為。

「關於案件的內容您有何看法？」

「真是個謎。」

鴉夜回答。

「博士遭到殺害，應該是莉娜小姐與凡・斯隆到二樓去的短短幾分鐘時間內發生的。那個時候進屋的只有醫學生阿爾伯特・霍斯汀一個人。這一點足跡可以證明。但是，因此就說霍斯汀是凶手的話也沒那麼簡單就講得通，還留有切斷的頭部藏在哪裡這個問題。完完全全難以理解。」

「說起來這個房間，原本是從內部上鎖的。」

阿妮從旁插嘴。

足跡與鎖形成的雙重密室、藏頭處的問題、過少的犯罪時間——的確，這案子難以理解的部分太多了。

葛里警官撫摸著鬍子彷彿是在咀嚼這些意見。

「可是輪堂小姐，您不認為這是他犯下的罪嗎？」

手杖的前端，指向人造人的巨大身軀。

貼著人造人背部的莉娜，馬上表情凍結。

「警、警官，請等一下！這孩子和案件無關！」

雖然莉娜嚴詞厲色，但警官依然不在意地繼續說道：

「至少，這麼想的話密室之謎就能解開了不是嗎？有人侵入研究室殺了博士，拿走他的頭部，然後人造人從裡面上鎖。光是這樣就完成密室了。或者，人造人本身殺了博士，這也很有可能……」

「我認為沒這個可能。」

鴉夜立刻否定。

「無法想像那個怪物老弟幫過凶手。他不可能蓄意上鎖，若說是他本身下的毒手就更不可能了。」
「哎呀哎呀，以『專查怪物的偵探』的立場來說，這回答真令人意外。為什麼？」
「因為遍尋古今東西任何地方，都沒有想在密室裡和屍體兩人獨處的殺人犯。那就像是在說『來抓我吧』一樣吧。」
阿妮發出小小的「啊——」的一聲。
的確如此。假如人造人涉及犯罪，然後自己上鎖，那麼就會像現在的狀況，讓自己變成頭號嫌疑犯。普通的犯人不會做此等蠢事。
「聽說人造人只有和嬰兒差不多的智力，會留心這樣的事情嗎？」
「倘若如此就更篤定了。我不認為嬰兒等級的智力能砍頭殺人。對吧，莉娜小姐？」
「是、是的，正是如此。」
聽到鳥籠內部詢問看法，雖然不知所措，莉娜還是點頭。
「我認為剛醒來的人造人無法做出那麼困難的舉止。智商也低，至於動作也遲鈍……砍頭上鎖這些不用說，應該是連握住門把都辦不到。」
「聽說情況是這樣呢，警官。」
「……」
警官沒有回話。不過這沉默似乎不是來自失望或懊悔。反而像是感到開心一般瞇起雙眼，「嗯嗯嗯」地點頭。

「原來如此，意思就是這是您的搜查方式嗎？將怪物拖進人類的世界，再套用邏輯。」

「我並沒有這麼做。就算是怪物也是適用邏輯的。」

「雖然師父的身體就說不通。」

「就『不會死』這一點來說是說得通的喔。」

鴉夜丟給徒弟一句話後繼續說：

「總之因為這樣，我認為凶手另有其人。縱使假設當時在裡面的人造人是凶手，那也還留有頭部藏到哪裡去了的謎團。」

「頭部呀，這一點的確我們也一頭霧水。目前正擴大搜查範圍到房屋外面……」

「啊，這麼說起來。」

津輕突然舉起左手。

另一隻手提著的鳥籠裡，鴉夜動了動眼睛。

「怎麼了？」

「關於頭部的下落，我想到一個可能。不過因為像是違抗師父的推理，所以很過意不去。」

「訂正偵探的錯誤也是助手的工作。說來聽聽。」

「黃金餅。」

「原來如此。就你來說是個敏銳的意見。」

黃金餅？阿妮還有警官們都不解地歪著頭，但師父似乎是懂了津輕的意思。

「警官，這小子說的意思就是，博士的頭部，可能被收到怪物的肚子裡去了。」

這麼一解釋後，偵探搭檔以外的所有人全嚇了一跳望向人造人。

「就是這個怪物吃掉克萊夫博士的頭，這樣嗎？」

「一點也沒錯。警方應該調查過這棟房屋每個角落了吧，但漏了一個地方。就是人造人的胃。」

「如果切開肚子，說不定裡面就會跑出一顆已經亂亂皺皺的頭。」

一邊說著詭異的話語一邊往怪物的方向走近一步的津輕。莉娜再度倉皇，張開雙臂像是要保護人造人。

「別、別這樣，請不要傷害這孩子。好不容易博士和我才終於製造出來……」

就在此時——

她的背後，怪物緩緩站了起來。

站起來後，那身高的高度十分明顯，頭頂幾乎要碰到天花板。剛才隱藏在膝頭後方的逆三角形腹部果然和手腳一樣，肌肉結實到異常的地步。空虛的雙眼凝視鴉夜，然後視線轉向怪物自己的身體。

所有人緊張起來，不知他想做什麼。接著下一秒——

噗嘰。啪哩。噗嘰噗嘰噗嘰。

彷彿扯斷彈性繩一般的，彷彿襯衫的扣子彈飛一般的，彷彿狠狠咬斷香腸一般的，痛快又令人不舒服的聲音響起，眾人瞬間愣住。

怪物將雙手手指插入刻劃在腹部上無數手術痕中的一個，自己扯開自己的肚子。粗魯地拉出長長延伸的縫線，手伸入身體內部，無視紫色的體液滲出，扒開內臟傳出「咕啾咕啾咕啾」的聲音。

最後粗壯的手指找到了胃，連內部都打開攤在眾人眼前後，怪物以呆傻的表情說：

「我，胃裡面，空空的。」

接著在房裡響起的，是馬斯大肆嘔吐的聲音。

6

「人造人，也感覺不到疼痛吧。」

「與其說是感覺不到，不如說是『耐得住』疼痛。痛覺應該是有正常運作的。」

雖然心想這是和「遲鈍」搞錯了，但阿妮沒說出口。

讓人造人躺在手術臺上的莉娜，邊說話邊以沒有多餘的精準動作縫合腹部。傷口眼看著就填平了，這等技術不愧是天才科學家的助手呀。手法太過純熟，甚至讓人覺得恐怖。

「可是，就算如此，還是沒想到竟然會扯開自己肚子……」

「媽媽，對不起。」

「嗯，沒事啦，我沒有在生氣喔。因為你很努力想要證明自己清白呀。」

莉娜繃緊臉頰，硬是擠出笑容。覺得待在這裡很尷尬的阿妮，別開視線看向房間周圍。

警察和偵探正各自以獨自的方法搜查研究室內部。

葛里警官站在堆積於床邊的廢鐵山前，一個個仔仔細細地觀察著。厚厚的塵埃撥了又擦，擦了又撥，偶爾找到小小的秤錘或蠟做成的圓筒之類塵埃較少的物品，便交給一旁的馬斯並下了什麼指示。頻頻點頭的部下雖然表情認真，但因為方才的打擊，臉色還是鐵青的。是個臉色變化劇烈的男人。

另一方面說到鴉夜。

「靠近排水口。」

「好的。」

「太近了啦回來回來，籠子會生鏽！」

「唉唷……」

一邊和平常一樣對津輕下令或發牢騷，一邊巡視房間四處。現在鳥籠正在自來水洗臉臺內。可能判斷已是遮了也沒用吧，蕾絲罩子拿掉了。

「好，這樣就復原了。」

莉娜連皮膚縫合都完成後結束了一切，輕輕拍了拍怪物的腹部。短時間內完全修復傷口。既無麻醉也無消毒還能耐得住手術，確實是個方便的身體。

「弗蘭肯斯坦博士製造的人造人，也是對疼痛遲……不是，是很耐得住疼痛嗎？」

「不，他的人造人除了體格之外，其餘應該是和普通人類一樣。不過，我們以手記為基礎改良了某些地方。」

「改良？」

「強化為能夠適應任何環境的身體，還有零件也是嚴格挑選至高無上的優良品。運動選手的肌肉，或是意外死亡的年輕人的健康內臟，集中真正優秀的部分……」

「就像是準備很多西瓜，然後只拿最上面的擺盤，擺得漂漂亮亮那樣吧。」

面對情緒開始高昂起來的莉娜，津輕插嘴。

「那應該真的十分美味。」

「你的舉例很不好。」

鴉夜一邊挑剔，一邊望著躺著的人造人的臉。

「怪物老弟，我還是相信你不是兇手。」

「嗯。我，什麼也沒做。」

「可是殺了博士的兇手，應該和你一同在這房間內才對。你記不記得些什麼？」

「嗯……」

人造人原本就已經亂糟糟的臉更加扭曲。

「我不知道。我實在不記得……可是，我好像，有聽到聲音。」

「聲音？怎樣的聲音？」

「像是『終於完成了！』，或是『今晚就要誕生了！』……」

「和我離開研究室後聽到的博士聲音一樣。」莉娜說。

「那麼，你醒來的時候博士還活著囉？那麼意思就是，博士被殺必然是在你醒來之後的事。你沒有看到那個凶手嗎？」

「我不記得了。我不知道……」

對剛出生沒多久的怪物提問，進展不像面對人類那般流暢。

「輪堂小姐你們有找到什麼嗎？」

「我們找到毛髮。」

阿妮一問，津輕便伸出左手。指尖抓著幾根黑色毛髮。

「這些卡在洗臉臺的排水口。從顏色、長度來看，大概是克萊夫博士的鬍子吧。」

「鬍子卡在排水口？」

單憑看過照片的印象來說，博士對於鬍子的保養之類似乎並不講究。這麼一來，讓人覺得排水口會卡住幾根鬍子不免有些奇怪。

「凶手可能是在洗臉臺清洗凶器。斷頭的時候有幾根鬍子黏在凶器上，想用水清洗凶器上沾到的血液時，毛髮也一併被沖掉。」

「啊，原來如此……凶器的種類是什麼呢？」

「不知道。應該是說，選項太多了。這個房間內充滿了那一類的工具。」

鴉夜從鳥籠的縫隙環顧研究室。線鋸、手術刀、刀子，確實……即使兩手空空入侵實驗室，凶器也是任君挑選。假如是使用這房間內的工具，再用自來水洗得乾乾淨淨，那要從凶器追到犯人可就難上加難了。

阿妮夾雜著嘆息闔上記事本。

「那麼，就是沒有什麼重要的收穫囉。」

「是呀。其他要說知道了什麼，大概就是解開密室之謎這等小事吧。」

「這樣呀。密室之謎……密室之謎解開了嗎？」

阿妮大叫著，音量使得天花板垂下來的玻璃管幾乎為之震動。

「密、密室，是這個房間的密室嗎？」

「是的。天窗窄小而且是嵌死的。牆壁沒有祕密通道，門框看來也是密不透風。」

「那不就沒轍了嗎？」

「不是沒轍。因為其他可能都全行不通，所以答案能集中到一個。」

「願聞其詳。」

傳來葛里警官的聲音，不知何時他已經站在阿妮的後方。馬斯好像上去一樓了，沒看到人。

「小姐，可以告訴我詳情嗎？」

「也沒什麼詳情可說。這是非常簡單的，先生。」

鴉夜的紫色眼眸望向只剩門框的入口。

善於察言觀色的津輕，提高鳥籠的位置到容易說話的胸口。

「從一開始看到壞掉的門板時我就覺得奇怪。門板裝著鎖頭，門框還裝著固定鎖頭的金屬片，假如門是鎖上的，那硬要破門而入的話，其中之一或是兩者應該都會壞掉才對。」

阿妮開始想像。鎖頭和固定的金屬片兩者合一牢牢鎖住的門。用身體撞開——在那種情況下，連結門板與牆壁的鎖確實應該會扭曲變形或是脫落。

「可是鎖的兩部分都沒有壞。也就是說，密室被闖入的瞬間門並沒有上鎖。那麼，明明沒有鎖住，為什麼門會打不開呢？當然，這是因為有什麼從內部按住了門。能夠用讓人不由得產生『門鎖住了』的錯覺的強大力氣按住門的某個人……」

原本望向入口的阿妮等人的視線，被從手術臺慢吞吞起身的巨大身軀擋住。

粗得宛如樹幹的胳臂，骨頭明顯的粗壯手掌，發達的肌肉。

「是這個怪物嗎？」

警官彷彿咀嚼話語般地說。

「除此之外也難以想像了吧。」

「可是輪堂小姐，您剛剛才說怪物和案件無關……」

「我的意思是他沒有故意涉入案件。不過這是湊巧形成的密室。讓我們再度回顧到密室被打破為止的流程吧。現在想起來，應該是怪物老弟從手術臺下來時發出的聲音吧，在一樓的三個人聽到『砰』的聲音就到這個房間來。在試圖開門之前，凡・斯隆先呼喊博士和敲門。另一方面房間裡面，剛起來的怪物老弟聽到這聲音，心想是怎麼回事然後靠近房門。

但是他才剛誕生，還只有和嬰兒相仿的智力。上鎖這回事當然就不用說了，連握住門把他也做不到。他能做的，應該就只有戰戰兢兢用手碰觸門板而已吧。」

「就是那個時候，斯隆想要打開門吧！」阿妮說。

「對。儘管斯隆和莉娜小姐想開門，卻因為怪物老弟從裡面按住所以開不了。」

「即使對怪物老弟來說只是輕輕碰著，但對普通的人類來說可就是天大的力氣了。」

剛才被那天大力氣打飛的當事人也發出「嗯嗯嗯」的聲音頻頻點頭。

「沒錯。人造人的身體太厲害，另一方面內心卻太幼稚。那麼，不久後想要破門的斯隆開始用身體撞門。恐怕在受到第一次撞擊時，怪物老弟就因為害怕而往後退。雖然聽到聲音產生了興趣但只能輕輕碰觸，然後因為害怕又馬上放手……怎麼樣？這真的很像是小孩子自然而然的行動吧？

按住門的力量消失了，於是第二次撞門馬上就撞開，斯隆等人湧入房間內。結果，碰上站在門正對面的人造人。」

「是、是這樣嗎？」

彷彿深入追究，莉娜詢問人造人。他含糊不清地動了動嘴巴。

「我真的不記得了。可是，我覺得，好像曾經碰過門。我聽到可怕的聲音，『砰』的一聲門在搖晃，然後，我嚇了一大跳就往後退。」

「我沒想到能聽本人親口證實。總之，事情就是這樣，所以密室之謎解決了。沒有詭計或其他的什麼，單純就是怪物老弟按住門而已。因此，在那之前誰都可以進入這個房間。」

鴉夜以「我的推理就到這裡」作結。

莉娜的視線越過人造人，凝視著門板脫落的門框，阿妮專注地將剛才的說明寫在記事本上。

警官雖然安靜聽著，但過了一會兒後，以鬍子幾乎要揚起的力道大大地嘆了一口氣。

「哦，我親愛的朋友呀，拜託您果然是正確的。真的是非常好的推理。」

「謝謝誇獎。不過警官，請不要稱我為親愛的朋友，這種稱呼應該為了您其他的朋友先保留。」

「不，我的感謝是貨真價實的。因為您解開密室之謎，我心中的推理也完成了。」
隨即，鴉夜嘴角充滿自信的笑容消失了。
她以帶著戒心的表情看著警官。身材壯碩的紳士也望著她。沉穩的綠色眼眸和美麗的紫色眼眸，無聲無息地彼此衝撞。
「……您也已知道了什麼嗎？」
「是的。我已經知道凶手是誰了。」
階梯那邊傳來啪噠啪噠的腳步聲，馬斯警員帶著同伴回到研究室。雙手拿著某個用布蓋著的物品。
跑到警官身邊，小聲地報告了幾句話。
葛里警官深深地點點頭，只有將銳利信念深藏於心的刑警才有的視線射向莉娜・蘭徹斯特。
「小姐。非常遺憾，我必須逮捕您。」

7

「然後變成怎樣了？」
一邊舀起檸檬口味的平緩斜面，靜句一邊詢問。

「也沒怎樣啦。莉娜・蘭徹斯特遭到逮捕了。」
「罪狀是什麼？」
「殺人罪。」
「那個叫做莉娜的小姐是犯人嗎？」
「至少，我們不得不那麼承認。」
以嘔氣的態度說完後，鴉夜用舌頭舔了舔遞過來的湯匙。
二等套房的室內，瀰漫著大量冰淇淋散發出來的甜蜜香味。自案發現場返回飯店的津輕等人（以及趁亂跟來的阿妮）和購物回來的靜句會合，正在休息片刻。
津輕的雙手捧著離開鳥籠的鴉夜的頭，靜句的手正將冰送到鴉夜口中。要問明明是顆頭顱、吃下去的東西到哪裡去了？似乎是掉到放在頭顱底下的水桶裡。一幅不知到底是詭異還是滑稽的景象。
而且儘管是不惜這般麻煩也要品嘗的心心念念的食物，她的表情看來卻完全不開心。
「發生什麼事了嗎？」
靜句的視線轉向坐在桌子對面的阿妮。阿妮聳了聳肩，津輕代替她回答「沒什麼事」。
「應該是輸給警官感到懊惱吧。」
「我才沒有懊惱！」

大喊的鴉夜看來相當懊惱。

「去調查後發現那個人似乎是這邊非常有名的刑警。」

一邊吃著分享的巧克力聖代，阿妮一邊翻到記事本的最新一頁。

「聽說他是比利時警方首屈一指的能幹人才，至今沒有案子破不了。本名叫做……」

「住口住口，我不想聽。」

「說到名字，他還真適合葛里這個綽號呢。就那個俏皮的口頭禪來說。」

津輕從鴉夜頭上，以還原度極高的重現能力模仿警官的說話方式。

「『我這小小的……』」

*

「我這小小的灰色腦細胞，一開始就很在意一件事。」

撫摸著手杖的頭，警官開始對莉娜說話。

「聽說您和凡・斯隆他們一起到地下室去，發現研究室的門打不開的時候，您大叫『不可能！』。『不可能！難不成！』這種說法，彷彿是發生了什麼離譜的事情大吃一驚。但是仔細一想，那種情況下門上鎖沒什麼好不可思議。因為，那時候的房間裡有克萊夫博士在，而且博士十分討厭礙事的人進入房間。反而應該說上鎖才是理所當然的。

既然如此，以極為一般常識層面的人類心理來說，『不可能！』或是『難不成！』之類的驚訝方式實在是奇怪。」

警官朝莉娜走近一步。

「可是，您卻吃驚不已。於是我就這麼想了。您是不是在破壞密室前的時間點，就知道房間裡面沒有任何人能鎖門？也就是說，您早就知道珀里斯・克萊夫已經死在研究室裡對吧？」

「……不、不是這樣。」

莉娜搖頭後，將眼鏡往上推，手指微微顫抖著。

「我不可能知道那麼可怕的事情吧？因為……因為我從研究室被趕出去的時候，他還活著呀。實際上我上去玄關大廳後，也有聽到博士的聲音從地下室傳來。」

「那是留聲機。」

「……」

「您應該也知道是什麼吧！就是可以紀錄聲音再播放出來的機器。」

警官用手杖的前端指著牆邊的成堆廢鐵。

「那座廢鐵山，每個東西都蓋滿了厚厚的灰塵，不過我發現裡面有幾個沒沾到灰塵的零件。刻有溝槽的蠟筒和秤錘之類的。意思就是那極有可能是最近沒多久前破壞某種裝置的結果。保護作用的外盒被破壞，裡面沒有沾染塵埃的零件外露。廢鐵堆中也找到了壓扁的號角式揚聲器和類似握把的東西。我心想『不會吧』，讓人去調查那些零件，得知了真的非常有意思的事情。

零件明顯就是圓筒式留聲機的東西，而且是能夠根據捲動的秤錘的重量，不必轉動握把也能自動播放的那種留聲機。」

配合警官的話語，馬斯拿開蓋住手裡物品的罩子。一臺有著黃銅製號角式揚聲器的小型留聲機——應該就是和剛才所說明的同一種設計——露了出來。

「而且幸運的是，蠟筒本身沒有破損，應該能夠裝在其他的留聲機上面播放。」

「我去附近的店家找到同款的留聲機，馬上就能播放。」

馬斯一邊補充，一邊捲動突出於木箱側面的握把，然後鬆開。握把慢慢地往回轉，讓刻劃在蠟筒的「聲音」播放出來。

剛開始只有勉強能聽到的雜音，聽不出是什麼。但是就這樣過了大約三十秒的時候

——

「完成了！終於完成了！今晚就要誕生了！我創造出來的！神力所及，科學的結晶，終極的生物……人造人！」

粗厚的男人聲音清晰可辨，阿妮大吃一驚。

聲音只有這樣，隨即戛然而止。同時握把的轉動也停止了。

「您懂了吧。凶手使用留聲機重現博士的聲音，然後破壞機器試圖湮滅證據。」

葛里警官再度面向阿妮等人。

「人造人的證詞證明了這個詭計確實使用過。他說『好像有聽到博士的聲音，但是不知道是從哪裡傳來』。假如聲音不是來自人類而是機器發出來的，聽不出來是從哪裡傳來也很正常。

也就是說，在玄關大廳的兩個人聽見『終於完成了！』這個聲音的時間點，博士已經遭到殺害了。在那之前，和他一起待在研究室內的，就只有莉娜・蘭徹斯特一個人。房間外有凡・斯隆在持續監視，其他人不可能進入。原本唯一的阻礙是密室之謎，但現在也讓『專查怪物的偵探』解決了。因此，小姐，我只能認為您就是凶手。」

警官傾訴般地說完了。

莉娜站著動也不動，只有視線落到殘留在地板上的博士的血跡。

「警官，這推測很漂亮，但我難以接受。」

接著發出聲音的是鴉夜。

「假如莉娜小姐設下留聲機的詭計，那播放出來的博士的聲音是怎麼錄音的？而且，聽說從地下室上來的時候她什麼也沒拿。假如她殺了博士，那麼她把頭拿到哪裡去了？」

「她一直待在博士的身邊做研究。博士的個性似乎容易激動，只要順利誘導的話，要錄下機靈臺詞的機會多得很吧。關於頭部的下落，這也因為你們的搜查而找出了一線光明。」

葛里警官用手杖的前端指著自來水洗臉臺。

「兩位在排水口找到博士的鬍子對吧？雖然一般確實會認為是凶手清洗沾到鬍子的凶器造成的，但應該也還有另一個更離譜的可能吧。就是很單純的，凶手除了切斷頭部之外也刮掉了鬍子。」

「……什麼意思？」

「雖然這麼說像是在冒瀆死者，但就將博士的頭部假設為火腿塊吧。我們想要吃火腿的時候，不會直接就那麼咬下去吧。我們會用刀子切成薄片，火腿是慢慢地一點點逐漸減少的。就跟這個一樣，也就是說凶手將博士的頭部從頭頂開始一點一點地逐步肢解，變成薄肉片後從排水口沖走。」

「站在頭顱的立場來說，我覺得這做法非常不可能。」

「那是就一般的情況來說。但是這個房間裡，有一大堆能將人類弄成碎塊或是變形的工具。再加上，莉娜小姐的外科本領可是專家等級，在兩、三個小時的時間讓頭部消失應該是極有可能辦到的吧。當然也有牙齒或骨骼等一部分之類無法切得細碎的東西，但這些呢，你們看吧，就像那樣子處理就行了。」

手杖前端指的地方，這次換成了另一處。阿妮等人的視線也隨之移動。

藥品架。

夾雜在藥品內排列於架上的，是浸泡在福馬林裡的內臟或眼珠，牙齒或骨片的標本。

難不成——難不成當中的一部分，是珀里斯・克萊夫的。

「哦，對了對了。更進一步來說，有機會破壞用於詭計的留聲機的，也只有莉娜小姐一個人。聽說凡・斯隆照顧霍斯汀的時候，她獨自待在研究室。」

「她不是獨自一人，人造人也在房間裡。我問你，怪物老弟，你曾目擊到莉娜小姐破壞留聲機嗎？」

讓鴉夜這麼一問，依然坐在手術臺上的人造人，一副陷入混亂的模樣游移著視線。看了看警官的臉，又看了看莉娜的臉，然後低下頭去。

「我不知道……門被破壞的時候，我很害怕，覺得一團亂……也有一大堆像是打雷的聲音在響……」

「那個雷鳴，掩蓋了破壞的聲音。」葛里警官說。「關於讓頭部消失的原因，或是殺人動機，接下來應該會逐漸明朗吧。總之目前確定的是，殺了博士的就是她。」

「我、我沒有殺人！」

莉娜大叫。然而警官不為所動，更進一步問道：

「那麼，留聲機的部分您要怎麼解釋？」

「那個……」

終於，她啞口無言，沒再多講什麼。鴉夜也沒有反駁。

結束了。

警官下令「把她帶走」，馬斯和另一名警員從兩側架住莉娜。

「不、不要帶走媽媽！」

但是這個時後，咆哮響徹。

恐怕昨晚也是一樣吧。伴隨「砰」的聲音從手術臺下來，人造人站得直挺挺地威脅警員們，張開雙臂，露出牙齒，雙眼瞪視。從幼兒般的舉止一變，怪物天性的凶猛顯露於外。

馬斯的臉這次變成煞白，連警官也往後退，阿妮忍不住發出「嘰」的緊繃聲音。津輕站到這樣的少女記者面前，像是準備應戰般屈起身體。但——

「等等！」

出乎意料，阻止怪物的是莉娜本人。

「別這樣。不要過來，我沒事的，什麼都別做，拜託你。」

「媽媽……可是……」

「我和博士都不是為了要傷害人類才製造你的。我很快就會回來，只是暫時離開而已。聽話好嗎？」

「……」

聽完莉娜勸導後，怪物再度忸怩地坐了下去。

一邊擦拭額頭汗水的警員們，一邊從怪物身邊經過。怪物已無意瞪視他們，也沒有看莉娜的臉。彷彿是第一次挨罵的小孩，只有滿滿的沮喪。

「莉娜小姐，您真的殺了博士嗎？」

就在他們即將離開研究室時，鴉夜從鳥籠中發聲。

「請相信我……我沒有殺害博士。」

她回頭，以一臉忍受痛苦的表情留下這麼一句話後，便和警員們一起走上階梯。

＊

「就剛剛這些話來說，那位叫做莉娜的小姐應該是是凶手沒錯。」

「是呀。警官的心理洞察十分完美，留聲機的證據也確鑿。」

「可是輪堂小姐，我還是無法接受。」

「即使這麼說，大應該也沒有其他的結論了。這就是真相，案子解決了。」

「……」

冰淇淋的冷氣加上悶悶不樂，冷冰冰的氣氛籠罩室內。靜句沉默地舀起剩下的冰，阿妮在桌上以手托腮。

鴉夜吃下最後一匙後，說了句「謝謝招待」，結束進食。

「津輕，讓我回去沙發上。」

「已經夠了嗎？還有很多杯喔。」

「所謂吃東西八分飽剛好。」

「對師父來說，應該沒有八分飽這回事吧。」

這麼說著的同時，津輕拿起鴉夜的頭部，用紗布擦拭過脖子下方後移動到沙發上。

靜句想收起空杯子，手伸向冰淇淋店的花俏盒子。

「啊，靜句小姐，剩下的冰我也可以要一個嗎？」

津輕一說，靜句便拿起桌上裝有櫻桃的杯子，繞到他背後，拉開衣領將冰淇淋塞進去最後再用力拍了拍衣服表面。

「好冷！兩種意義的冷！」

在沙發後翻筋斗的津輕。

「這麼說起來，喊我老太婆的處罰還沒施行呢。靜句，妳可以踐踏他無妨。」

「遵命。」

「拜託不要遵命！啊，我不要呀等等——」

傳出「嗯啾」這種像是雞被勒死的聲音，緊接著津輕再也沒說話。讓人不太願意想像沙發後方發生了什麼事。

「阿妮小姐，您說您有無法接受的部分是嗎？」

回到這邊後，女僕乾脆地拉回話題。

「啊，是的……就像輪堂小姐所說，留聲機的錄音方法也不清不楚，而且說起來斷頭的理由依然是個謎團。」

「理由呀。」

「對。假如只是要殺死博士，單用刺穿心臟或是勒脖子不就夠了嗎？假如是特意讓頭部消失，應當是有致人於死之外的理由才對。使用了一點一滴解體這種拐彎抹角的方法，就更加讓人不解……」

「這點確實令人在意，不過理由我倒是可以想到幾個。」

鴉夜用飽經歷練的說話方式推翻少女記者的意見。

「例如想要擾亂搜查，還是非常痛恨博士到沒有將頭部四分五裂就不甘心，或是想要表演不可能的犯罪。就連沒有什麼特別的用意這種動機也是有可能的——光是思考人的行動原理是沒用的。因為我在九百六十二年之間，看過的斷頭的人多如牛毛。說起來最近也有幾個莫名其妙的人。擅自拿走別人脖子以下的部位的傢伙啦，或是明知壽命會縮短還是因為毫無道理可言的理由持續站在雜耍場舞臺上的傢伙啦。」

「到底，是在說誰呀。」

一面摸著脖子後方，津輕一面突然起身。

「可是師父，我也贊成阿妮小姐。我實在不覺得那位助手是兇手。」

「你不是一開始就說莉娜可疑嗎？」

「我改變主意了。因為師父也看到了吧？她最後向我們訴說時的表情。那不是殺人犯的表情。她是冤枉的。」

「你是怎樣？戀愛了嗎？」

「哎呀哎呀，我不愁沒有美女對象呀……啊，沒有啦我開玩笑的只是開玩笑啦。」

看到靜句手裡扭曲的湯匙，津輕猛力搖頭擺動青髮。

「算了先不管這個。這種結束方式感覺實在讓人睡不安穩。如同阿妮小姐所言，斷頭的理由我也不能釋然。這個案子，一定還有什麼內幕。」

「那只是你個人的直覺。」

「不是直覺。」

津輕用指尖抵著自己的太陽穴。

「因為我的青色腦細胞正在如此低語。」

宛如舞臺劇演員說出精采臺詞後，津輕按著滿是冰淇淋的背部猛衝向浴室。

「腦細胞是青色的，不就只有腐爛了才會那樣嗎？」

一邊闔上冰淇淋的箱子，靜句冷靜地發牢騷。

8

從昨天自己破壞的入口進入研究室內部，暗處依然可見怪物的身影。

屈著背部坐著不動，胸膛挨著膝蓋，雙手放在膝蓋上。滿是縫線痕跡的醜陋身體雖然沒變，但往這邊看的兩個眼睛看來已非昨晚般空虛的危險不安，而是清楚地定焦。

凡・斯隆心想也許這就是所謂的「理智的光輝」吧。

即使靠近，怪物也不害怕，伴隨著含糊不清的呼吸聲開口說道：

「母親……莉娜被抓了。」

「我知道。」

所以來看情況如何。

儘管玄關前掛著「禁止進入」的牌子，但沒有半個警員。應該就是等於搜查結束，案子已經解決了的意思。

凡靠著桌子，拿出一根舊雪茄，以火柴點燃。對著窗戶望出去的黃昏天空吐出煙霧。這段時間怪物什麼也沒說，一直盯著自己粗糙的雙腳。

——怪物呀。

昨天雖然對霍斯汀說別用這種說法，但只有這一點霍斯汀是對的。不稱這傢伙為怪物還能稱為什麼呢。自己這群人無從推卸，的確創造出了「怪物」。挖開墳墓，侵占屍體，切斷收集連接……

「哎呀，已經有客人先到了呀。」

突然，聽見男人的聲音。

回頭一看，站著個青髮配上滿是補丁大衣的奇怪人物。左手拿著個不知是什麼的彩色盒子，右手提著個披著蕾絲的鳥籠。

「哎呀哎呀，你該不會就是凡・斯隆先生吧？」

「問我這問題的你是哪裡的哪位？」

「我是『鳥籠使者』真打津輕。這位是我師父。」

「我叫輪堂鴉夜。」

聽見爽朗的少女聲音。凡皺起眉頭，環顧室內。

「你是腹語術師嗎？」

「聽說是偵探。」

人造人回答。

「鳥籠裡面，還有另一個人。是不死之身的怪物。」

名叫津輕的男人，笑咪咪地掀起鳥籠的罩子。有著彷彿是自鳥籠內部流瀉出來的黑髮，只有頭部的美少女露出臉來，對凡投以嫵媚的笑容。

只是心想「老是些怪物呀」，凡並未大驚小怪。那方面的感受能力昨天已經用盡一輩子的份了。

「可是，才短時間不見，談吐已經變得非常世故了呢。」

名叫鴉夜的頭顱少女，望向人造人。

「多管閒事……你們又要來搜查嗎？」

「不是。因為先前你展示了空空如也的胃，所以我想送食物來慰勞你。就是這個，雖然是不成敬意的東西。」

津輕將彩色盒子放到怪物面前，打開蓋子。裡面乖巧地裝著不合季節的三個冰淇淋。以對方的龐大身軀來說真的是不成敬意的食物，但怪物沒有抱怨也沒有道謝，安靜地抓起冰淇淋的杯子，咬了一口。像是品嘗味道般動著下顎，然後又是一口。

「好吃嗎？」鴉夜問。

「我是第一次吃東西。實在不知道好不好吃。」

「你這個傢伙，總是一大堆不知道呢。」

頭顱少女愉快地這麼說，怪物陰鬱地低下頭去。

「也許就是這樣吧……我什麼都不知道。接下來該怎麼辦，會變成怎麼樣，我也不知道。」

「會變成怎麼樣是很確定的。」

凡和昨天一樣，以腳踩熄菸草。

「結果就是全部人都去坐牢。我有毀壞墳墓的罪，霍斯汀有盜賣的罪。雖然現在暫時沒人管你，但因為你是違反倫理的生物，所以遲早會被關在某個地方或是被殺……」

「違反倫理？」

「就是你很詭異的意思。站在那些有識之士的立場，應該很想盡快讓收集屍體製造出來的怪物回到墳墓去吧。」

怪物凝視著色彩繽紛的小盒子，以及其中白白綿綿的冰淇淋，然後視線移動到自己發黑的手掌上。「詭異……」，重複著凡的話語。

「我想救母親的時候，母親阻止了我。她說創造我不是為了要傷害人。可是，那麼，到底是為了什麼才創造我？為什麼要連接屍體，讓這麼令人害怕的身體誕生呢？我……我到底，是什麼？」

這語氣並非詢問任何人。也無人回答。

「在煩惱生存的意義，怪物老弟真是年輕呀。」

取而代之的是，不死怪物的微笑。

「唉，昨天才剛誕生，年輕也是理所當然。不過反正都要煩惱了，我希望你能煩惱更有建設性的事情。例如醒來的時候見識到的記憶之類的。」

「醒來的時候？」

「對。你應該比剛才頭腦清晰多了。有沒有想起什麼在手術臺上醒來，起身時所見識到的事情？」

「師父這是怎樣？結果還是要繼續搜查嗎？」

「少囉嗦。我是在確認。怎麼樣，怪物老弟？」

「這麼說起來，我覺得我好像有聽到其他更多的聲音。不是只有『終於完成了』，而是『就是那樣』或是『起來了呀』之類，更多各種各樣的聲音。」

怪物沒有把握地作證，鴉夜的紫色眼眸發亮。

「沒錯嗎？」

「是不是真的沒錯我沒有信心。也不知道聲音是從哪裡來的……但是，我認為是和說『完成了！』的聲音一樣的聲音。然後，我回神過來時屍體就躺在地板上了。」

「這樣呀……哎呀，但是這還真的讓人頗感興趣呢。」

鴉夜若有所思地微微低頭。

「留聲機播放的聲音裡面，並沒有『就是那樣』或是『起來了呀』之類的句子。意思就是……博士活著，是他本人直接發出的聲音？搞不好就和津輕你說的一樣，或許莉娜沒有殺害博士。」

「什麼意思？」

「假如躺在這個房間的那具屍體不是博士的呢？假如是事先在某個地方被斷頭的其他

屍體呢?頭顱要從這房子無聲無息地消失非常困難。但如果只是讓無頭屍體出限在這房子就容易了。只要讓阿爾伯特・霍斯汀運來,或是更早以前藏在研究室裡就行了。」

「那樣的話又怎樣?意思是博士現在還活在某處嗎?」

「對。也就是說,這是一招利用無頭屍體的替換詭計……」

「很遺憾,那是不可能的。」

凡不留情地澆了偵探們這越發熱烈的議論冷水。他一邊捲起自己的袖子,指著左手的手腕繼續說道:

「那毫無疑問是珀里斯・克萊夫的屍體。警方也要求我確認過好幾次。博士的手腕有顆痣,屍體也在同一個位置有一顆大小相同的痣。加上體型也和博士完全一樣,那不可能是假的。」

「……如果是家人或親戚,有人具備同樣的身體特徵也沒什麼好奇怪吧。例如說,克萊夫博有個雙胞胎弟弟之類的。」

「博士舉目無親。別說是雙胞胎了,雙親或親戚都沒半個,說起來連珀里斯・克萊夫似乎也不是本名。跟他親近的人,除了我們之外應該沒別人了。」

「唉,沒有那麼剛好的事情呀。」

推理以期待落空作收的鴉夜輕輕嘆了口氣。徒弟說了句「真遺憾」給予小小的鼓勵。

「儘管如此,竟然沒有家人沒有朋友,簡直就是臨死之時的弗蘭肯斯坦呀。」

「你說什麼?」

「師父不是說過嗎?被始祖人造人糾纏的弗蘭肯斯坦博士,父親好友未婚妻全都沒了對吧?我覺得跟那還滿像的。」

「……弗蘭肯斯坦……」

這句話,似乎觸碰到了某根琴弦。

鴉夜皺起眉頭,彷彿陷入沉思般不發一語。

黃昏的天空變為深黑藍色的時候,她沒有特定望向哪裡的雙眼結冰,定住。然後像是想到了什麼,粉紅色的嘴唇流瀉出聲音。

「不會吧。」

9

煤油燈靠不住的火光無法照亮房間,反而更顯陰暗。

橘色的光照著的部分,與光照不到的其他部分的對比強調,本來就已顯異樣的地下室轉變得更加詭異。玻璃管映在牆上的影子,感覺隨時要蠕動起來。盤踞床鋪和地板縫隙的黑暗。以及蹲著巨大怪物的房間暗處。

少女記者阿妮・凱爾貝爾視線邊在這樣的室內與手拿著的記事本之間移動,邊專注等待該來的時刻到來。一旁站著真打津輕，從他右手提著的鳥籠窺見的是鴉夜端正的側臉。在他們背後無懈可擊地候著的，是揹著宛如槍的武器的馳井靜句。

太陽早已西沉，小天窗看得見些微模糊的月夜。儘管本該是整理採訪內容打電報回巴黎的時段，但阿妮已做好晚點交稿的心理準備。不能再像戈達事件的時候那樣錯過絕佳時機。連我們特派員室的長官魯爾塔比伊也是說「如果要從速度和品質挑一個，當然要挑品質」。不，其實不知道長官會不會這麼說就是了。

不久傳來下樓梯的聲音，三個人影走進房間。

戴著灰色禮帽，人中的鬍子兩端向上翹起的葛里警官，雖然一臉嚴肅但眼睛仍然滿是驚慌的部下馬斯。夾在兩者之間被帶來的女子，則是收押中的莉娜・蘭徹斯特，當然沒有遭到粗暴對待的樣子，不過臉上看得出明顯的疲勞。

「非常抱歉勞駕您了，警官。」

鴉夜說道。葛里警官走到手術臺前後轉身面對這邊，老樣子穩重地回以「請別在意」。

「我正在署裡的辦公桌偷喝熱巧克力呢。既然您通知我說『已經知道真相了』，我不能不跑這一趟。」

「真羨慕您能喝熱巧克力。我雖然也想喝喝看，不過徒弟和女僕不肯讓我喝。」

「因為會蛀牙。」

「喂！津輕，這是嚴肅的場合。不准開玩笑。」

「對不起。」

「還有我不會蛀牙。因為馬上就復原了。」

「師父是要反駁這一點嗎？」

「呵呵呵呵。」

「哈哈哈哈哈。」

儘管說「不准開玩笑」，兩人還是奇怪地互笑。警官不為所動。

「但是小姐，這事情就怪了。真相不是已經大白了嗎？凶手也像這樣繩之以法了……」

「很遺憾，葛里警官，您的灰色腦細胞沒有搞清楚狀況。莉娜・蘭徹斯特並沒有殺害珀里斯・克萊夫。」

被人清楚地指責，矮小的男人謹慎地摸著鬍子。

「原來如此，您說希望我帶莉娜小姐過來也是因為這樣吧。不過假如不是她，那到底是誰殺的？」

「誰都沒有殺。」

「意思是，自殺嗎？」

「也不是自殺。因為他沒死。」

「聽起來像是自相矛盾。」
「自相矛盾卻是確實存在的事情，世界上多得很呢。先生。」
本身也是荒誕至極的偵探，從鳥籠的縫隙展露微笑。
「其實在那之後，我從怪物老弟那邊得到新的證詞。他說在他醒來的時候，聽到錄音的『完成了！』這句話之後，還聽見了『就是那樣』、『起來了呀』之類各種各樣的聲音。白天的推理已經顯示他沒有殺人，所以這證詞足以信任。」
「雖說信任，但怪物的證詞畢竟……」
「白天我應該已經說過了。怪物也是適用邏輯的——請注意聽我說，留聲機傳出『完成了！』的聲音，是莉娜小姐離開房間後的事。這一點也因為有凡・斯隆這位證人而得到證實。但是在那之後，同一個聲音還說了其他的話語。意思就是在莉娜小姐離開房間的時間點，博士依然活著。莉娜小姐在那之後，直到發現屍體都沒有進入研究室，所以就邏輯思考來說，她不可能殺人。」
「可是，輪堂小姐……」
「是的，我非常清楚。假如她不是凶手，那留聲機的詭計就完全說不通。莉娜小姐離開房間的時候，博士確實沒死。但是在那之後，人造人醒來的時候博士還是活著的，當人造人完全清醒後，博士已經變成屍體躺在地板上。」
「這又是個巨大的矛盾呀。」

警官耐著性子說。
「但是警官，在那個房間裡，這些矛盾都不是矛盾。重點是頭的下落。」
「頭？」
「關於頭顱的下落，您犯了錯。博士的頭部並沒有被解體然後沖到下水道去。我注意到有個遠比這種拐彎抹角的方法更加好懂的隱藏處。」
「哪裡？」
「就是這個房間裡。頭沒有消失，也沒有被剁成肉末。打從一開始就一直、光明正大地存在於這個房間裡。」
「在哪裡？」
警官與馬斯環顧了研究室一圈。阿妮也學著那麼做，雖然看見泡在福馬林裡的內臟或眼睛，卻到處也沒瞧見像是人類頭部的物體。
葛里警官的視線回到鳥籠。
「很不湊巧我沒有手指，讓我的徒弟來說吧。」
自虐地這麼說後，鴉夜喊了聲「津輕」。彷彿事前已經受過指示，津輕回應了一聲「好的」，迅速伸出左手。
指著人造人的頭。

——什麼？

在角落聽著偵探們交談的怪物，忍不住回頭向後看。

只有髒汙的牆壁。再度向前。真打津輕戴著灰色手套的指尖，確實正指向這裡。

也就是——他指的是我自己。

「仔細想想也是理所當然。應當在房裡的無頭屍體，和集合屍體製造出來的人造人。那麼頭不就鐵定是用來當作人造人的材料了嗎？」

鴉夜的聲音加強了他的混亂。什麼意思？這是在說什麼？

「也就是說這個案子，並不是二減一等於一，而是零加一等於一。從一開始這個房間裡有的頭部數量就是一而已，只不過是所在的位置換了。」

「可、可是……」

至今為止始終冷靜的警官，這下子也驚慌失措了。

「不可能有這等愚蠢的事……」

「愚蠢歸愚蠢，但能證明這一點的證據有好幾個。先來看人造人的長相。雖然讓人覺得和博士完全不像，但那是因為頭髮、鬍子和眉毛全部剃光，移植了一部分顏色不同的皮膚，縫合的痕跡還造成臉部扭曲變形的緣故。克萊夫博士濃眉，鼻子以下被亂蓬蓬的鬍子覆蓋。光是把這些全部剃光應當就能看起來像是變了個人，同為蓄鬍之人的您應當很容易理解這一點吧，警官。」

「是、是沒錯……可是——」

「第二個證據就是頭。儘管因為身體滿是縫線所以不明顯，但他的頭明顯有巨大的縫合痕跡。還有，他的胳臂和肩膀也很巨大，卻只有頭部奇怪的小，就像是只有該處是直接使用普通人類的頭部。而且，凡・斯隆和阿爾伯特・霍斯汀並不知道研究的具體進展情況，所以，應當也不知道未完成的人造人是不是已經準備好頭部了。」

彷彿想要逃離什麼吵雜進逼的東西，怪物站了起來。不經意往窗邊一看，洗臉臺的鏡子映出自己的臉。

自己滿是傷痕的醜陋面容。沒有頭髮的頭。小得不協調的頭部……

「而且最重要的是，這個人造人是收集人類屍體各自優秀的部分所製造出來。運動選手的肌肉，意外死亡的年輕人的健康內臟——既然如此，頭部使用天才科學家的腦袋豈非理所當然？」

這個，這顆頭，是珀里斯・克萊夫的嗎？

假如是這樣，自己到底……不對，不是的，不可能有這種事。我醒來的時候不是還聽到博士的聲音嗎？所以，我不可能會是博士。我有好好的，用我的耳朵——

我有，用我的耳朵，聽到嗎？

想起來了。我不知道聽到的聲音來自何方。在腦海中不斷回響。

那是因為——那個聲音，其實是從我的腦海裡聽見的嗎？

宛如潰堤，記憶開始混濁。該是十分耐痛的頭部，湧上難以忍受的隱隱疼痛。視野搖晃，逐漸搞不清楚自己是誰。

身體不穩之時，和莉娜四目相交。圓框眼鏡的深處，宛如恐懼至極的小鳥眼睛，正望著這裡。那雙眼睛曾經在哪裡看過。在哪裡。是哪裡？

「也就是說，莉娜小姐切斷博士的頭，將其移植到人造人身上。從留聲機的博士聲音非常自然這一點看來，那應該是博士也同意的行為……應該是說，可以視為博士所主導的犯罪。恐怕，博士與莉娜小姐之間曾經有過這樣的交談吧……」

重疊在偵探發出的聲音上，眼前浮現昨晚的研究室——

＊

閃電詳細地照出因恐懼而發抖的莉娜的表情。

與慢了些響起的雷鳴同時，她微微地動了動嘴巴。像是在低語「我辦不到」。

「我辦不到，克萊夫博士……這種事情，我沒辦法做。」

「不，我就是要這麼做。」

我始終不罷休，逼近莉娜。

「要讓人造人成為終極生物，還欠缺最為重要的腦袋。高品質，而且新鮮的最棒的腦袋……也就是我的腦袋！」

用手指敲敲自己的頭。

「只要移植頭部，然後照順序通電。莉娜，妳辦得到的。不對，是只有妳才辦得到。只有願意長年協助我的研究的妳才辦得到。」

「可、可是……」

「拜託妳。這是我最後的任性請求。為了創造出十全十美的人造人，請妳幫幫我。」

莉娜的視線從我身上移開，看著躺在手術臺上未完成的人造人。從骨骼到神經，甚至是皮膚，一切都完成了，但脖子以上空無一物。

雖然她應該也對這不協調感到怪異，但移植我的頭部這個提議似乎超出意料。美麗的眼睛明顯在猶豫。我對於害怕她反對而沒能把話說絕感到有些後悔。

但是，都走到這一步了已經不可能停止。

「要、要是切斷博士的頭，我就會變成殺人犯。」

短暫的沉默之後，莉娜說道。

「是我自己希望被切斷的。妳什麼罪也沒有。」

「這我明白……可是，別人不會這麼想。假如博士從這世界消失，我一定會因為殺人罪被逮捕。」

「不用擔心。我當然也考慮到了這部分。」

鬍子覆蓋的嘴巴笑得扭曲，我從桌下拿出機器。褐色的小木箱，側面有把手，上部突出一個顏色黯淡的號角。

「這是留聲機。雖是舊型的蠟筒式但音質可以保證，藉著秤錘裝置能自動轉動把手。妳就用這個吧。」

我一個一個仔細地說出，為了她而擬定的犯罪計畫——

首先切斷頭，移植前在洗臉臺剃掉我的頭髮和鬍子；皮膚也用架上有的東西將部分替換成其他顏色，在臉上特意加上縫合的傷痕，這麼一來就無人認得出是我的臉了。也別忘了適度破壞聲帶。接著等手術完成，啟動留聲機再離開研究室。假裝成被我趕出去的樣子。應該是在上去一樓幾秒鐘後就能聽到我的聲音，這讓凡‧斯隆作證就行。在那個時間點，妳的不在場證明就完美了。

不在場證明的安排要是順利，妳就說累了，跟斯隆一起離開玄關大廳。到二樓去待一下，然後再回到地下室，發現我的身體和醒來的人造人。即使是斯隆那樣的男人，看到活起來行動的人造人應該也會陷入恐慌吧。妳就趁那個機會，破壞證物留聲機。

我會事先破壞玄關的鑰匙，別人應該會認為是有人從外部入侵殺死我把頭帶走。什麼？殺人的動機？動機當然有，就是我持有的弗蘭肯斯坦的手記。那個我今天早上燒掉了。我馬上就要超越他，那對我來說已沒有必要。但是警方應該會單方面認定是凶手偷走的吧。

「這樣一來妳就沒有嫌疑了。放心吧。」

「可、可是博士，如果那麼做，反而會變成大案子……」

「那正是我的目的呀。珀里斯·克萊夫殺人案，將會成為讓全世界知道人造人誕生的引爆劑。也許一開始會遭到批判是違反倫理的研究，不過總有一天一定能得到理解。而就是那個時候，我們將會名副其實探究生命的神祕。」

從低著的臉，明白到莉娜正在躊躇。我最後只加上了一句「拜託妳」。

雨聲愈發激烈，背後再度響起雷鳴。

過了一會兒，莉娜像是下定決心抬起臉。

眼睛連眨也沒眨，搖搖晃晃地走過我身邊，到收納手術工具的架子前。然後，以顫抖的手拿出切斷屍體用的鋸子。

「啊……莉娜，謝謝妳！」

我打從心底獻上感謝。為了表示此言絕無虛假，我主動仰躺在地板上。

「哎呀，別忘了穿上白衣。妳的衣服如果沾滿血會引人起疑的……對，那件最髒的衣服大概能蒙混過去吧。」

莉娜照我說的那樣，穿上因為長年的研究而沾染血跡的白衣。再度搖搖晃晃地走過來，雙手緊握鋸子，視線向下看著我。

「交付妳這麼辛苦的工作，我非常抱歉……但是妳放心吧，我沒有死，只是重生而已。頭被切斷，我這條命就結束了，自我和記憶應該都會消失吧。但是存在本身是不會消失的。我會以人造人的身分轉生，持續活下去。」

「人造，人……」

「對——就要創造出終極的生物了。用我們的雙手。」

只有一瞬間，我明確地在莉娜的眼睛裡看見毫無雜質的純粹熱情。沒有探究心的小人物們會畏懼解讀為「瘋狂」的熱情。

她的手停止顫抖。

慢慢地，鋸子的刃逼近我。我欣喜無比。咬住事先準備用來堵住嘴巴的布，伸展手腳表示做好萬全的準備，直接以呼吸發出笑聲。

下次恢復意識時，我應當就成為終極生物的一部分了。然後將以僅剩一點點的自我，對自己如此低語。

醒來吧，醒來吧——

＊

「博士的計畫其實做得非常好。本來莉娜小姐可以擺脫嫌疑，頭的下落也無從調查，案子應當會變成懸案。唯一計算錯誤的，就是因為下雨院子變得泥濘，變得會留下足跡。因此推理的範圍遭到限縮，讓人心想凶手可能就在關係人之中，以及產生頭消失到哪裡去了的謎團。」

在愣住的怪物面前，鴉夜淡淡地繼續解說。

「弗蘭肯斯坦這個名字，也常常用來當作他製造出來的怪物本身的名字。那可能是因為他製造出來的怪物沒有名字吧。那麼，珀里斯・克萊夫創造出來的無名人造人，不是也應該稱為珀里斯・克萊夫嗎……這個無意中的念頭成了起點，然後，我愈是思考，愈是覺得除此之外沒別的可能了。」

偵探最後以「如何？」詢問警官的意見，灰色的紳士從喉嚨發出低沉的聲音。

「克萊夫博士把自己的頭當成人造人的材料？」

「正是如此。」

「難以置信……真是瘋了。」

「但是這瘋狂的真相，就能解釋變成您的推理瓶頸的留聲機錄音方法，還有斷頭的理由。」

「正因為脖子斷了所以是瓶頸嗎？」

「津輕……現在是嚴肅的場合。」

「對不起。」

「警官，真是失禮了……總而言之，這是我導出來的結論。想要斷頭的是珀里斯・克萊夫本人，協助他的是莉娜．蘭徹斯特。但是嚴格來說博士沒有被殺，甚至也沒有死，而是以人造人的頭部重生。雖然沒有物理證據，但硬要說的話，她的反應就是證據吧。」

鴉夜視線轉向莉娜的方向。

她比遭受嫌疑時更加驚慌失措，幾乎就要跪地。美麗的臉蛋因悲嘆而扭曲，雙眼只是茫然望著這裡。

「母親。」

靜靜地，怪物問道。

「我是，珀里斯．克萊夫的重生嗎？」

「……對。」

以幾乎聽不見的聲音，母親承認。

重生——可是，怪物沒有這種自覺。記憶和自我都早已消失。自己變得不再是自己，但也不是珀里斯．克萊夫。

「我，到底是誰？」

「……」

這次，沒得到答案。

「製造我是為了什麼……」

生命的神祕。科學的結晶。十全十美的生物。

所以又如何？以這樣的名目給予屍體生命，是想做什麼。這種醜陋的身體，這種巨大過度的身體，不明白自己是誰，沒有半個同伴——

「為什麼要製造我出來！」

砰！

怪物大叫，拳頭重擊牆壁。

單是這個動作，天花板便出現裂痕，懸吊著的玻璃管掉到地面，排列在架上的標本全倒。整間房屋發出喀喀聲搖晃，塗牆用的灰泥變成碎片傾瀉而下。

「房、房子要塌了……」

汗水流過馬斯的臉頰。莉娜像是想說什麼而嘴脣顫抖。

「不、不是的……我沒有，那個意思……」

「總之大家快逃。快點到外面去。」

葛里警官抓住年紀最小的少女記者的胳臂，匆忙往樓梯跑。按著警帽的馬斯也跟隨在後。

莉娜雖然還看著怪物的方向，但聽到馬斯喊「快點！」後，胳臂被抓住隨即轉身，和他們一起爬上樓梯。

怪物心想，這簡直就像遭到母親拋棄。

「唔啊啊啊啊啊啊！」

陷入漩渦的感情爆發了。

咆哮。窗戶震動。煤油燈的火熄滅只剩月光充滿房間。不論再怎麼吶喊都喊不夠。覺得這個世界的一切都可恨，覺得自己的一切皆空虛。想破壞，想破壞，想破壞。房屋也好人也好街道也好，想破壞和自己有關的全部。

「這是人造人的宿命吧。」

少女的聲音說道。

「你也憎恨世界嗎？怪物老弟。」

牆邊還有兩個沒逃走留下來的人——不對，是三個。

鳥籠中的頭顱，拿著鳥籠的男人，以及在背後伺候的女僕。

「津輕。」

「是的，師父。」

「你能阻止這傢伙嗎？」

「小事一樁。」

輕輕點頭後，津輕將鳥籠交給女僕。女子馬上走出房間。和怪物兩人獨處的津輕，往下半蹲，放低身體擺好架式。

強烈的情緒籠罩，怪物以充血的眼睛瞪著津輕。對方也以青色黯淡的眼睛回瞪。彷彿井底般的視線。天花板的擠壓。風聲。沉默。

短短幾秒之後。

重踩。

怪物踏出一步，同時，津輕也往前衝！

兩人從房間兩端以同樣的速度接近，試圖在中央的手術臺上相撞——

但，就在津輕的腳踏上手術臺的瞬間，怪物大腳一踢手術臺的側面將臺子往前推。幾百公斤的石塊在人造人面前和空箱子沒兩樣。手術臺浮起幾公分，飛向牆壁。理所當然津輕的腳也跟著被拖走。

「唔……」

怪物的左手在空中抓住猛力失去平衡的津輕的身體。

砰！……咻！

手術臺陷入牆壁的聲音，和津輕身體被彈飛的聲音重疊。

和白天趕蒼蠅般的一擊天差地遠。津輕在牆壁間來回反彈，以上下顛倒的狀態落到手術臺上。立即斃命？不，還活著。發出「好痛喔」這種非常悠哉的呻吟。

單就留在拳頭上的手感來說，遠遠不及怪物憤怒的程度。

「為什麼要生下我——！」

一邊為憎恨所驅動，對世界大吐怨嘆，怪物一邊撲向津輕。高舉右手，想要連同手術臺一起粉碎般狠狠地揮拳——

「在那邊問為何啦為什麼啦，你這慢吞吞的傢伙。」

然而，就在手即將伸直到極限時，對手的身體消失了。因為以腳蹬牆移動了。

「出生這回事呀……」

以好像發出了「咻溜」這種聲音的動作滑過手術臺上的津輕，鑽向怪物胸口。

「怎麼可能有意義！」

宛如朝胸膛挖剜的一踢刺了下去。

10

阿妮等人穿過玄關跑到屋外的期間，也聽到地下激烈的聲音持續著。可能是家具或牆壁損壞，或是人被打得用力撞上什麼東西。

跑到庭院之外，暫且藏身於快壞掉的圍牆後方。探頭出來往研究所看，發現震動甚至傳到屋頂邊緣，整間房子真的隨時要倒塌。

「真、真打先生沒事嗎？」

「天曉得。」

和擔心的阿妮相反，鴉夜若無其事地說。

「天、天曉得是什麼意思……」

嘰嘰嘰嘰嘰嘰嘰！

一行人的眼前，研究所突然崩塌。窗戶破裂屋頂掉落，周圍遭到厚厚的塵埃包圍。當中有個人影彷彿在瓦礫的空隙穿針引線地衝出，接著一個龐然身軀推開瓦礫般地現身。

津輕與人造人。

心想「平安無事！」而鬆了一口氣也只是片刻，津輕重新面向朝他衝來的怪物。踢開身邊的瓦礫，自己也開始奔跑。

怪物粗壯的胳臂擺在臉前擋住了瓦礫。津輕趁隙從旁縮短距離，瞄準怪物的脖子施展迴旋踢——但踢空作收。因為怪物瞬間彎起身體，而且以幾乎有人孔蓋大的巨大手掌，抓住津輕毫無防備踢出的腳。

阿妮想起白天他搶走鳥籠時的靈敏，儘管身體巨大卻不是只有蠻力。

——連接人類屍體真正優秀的部分製造出來的，人造人。

在空中使勁繃緊臉部的津輕，宛如玩具被重重摔進瓦礫之中。雖然馬上跳起，但怪物的追擊隨即到來，只能一味防禦。每當津輕閃過拳頭，房子的瓦礫就像是被巨大割草機壓過，破碎飛散。

一邊鑽過猛攻與粉塵，津輕一邊以拚命的表情不斷後退……不久，他的背部，撞上分隔鄰家的牆壁。

「唔。」

似乎是完全出乎意料，津輕發出愚蠢的聲音。無路可逃。這時龐然大物的右拳攻來！

肩膀被打穿的津輕，身體盤旋墜下，一頭撞入鄰家的窗戶。

「唔哦哦哦哦哦！」

伴隨咆哮，怪物也打破鄰家的牆壁。接著還有物品遭破壞的聲音，聲音，聲音！

雖然視野被遮住，但屋內兩人的戰鬥似乎更加激烈。面對早就毀壞了一半的鄰家，阿妮感謝神明這裡是到處空房子的鬼城。

「……天呀。」

發出宛如斷氣的聲音，莉娜倒在馬路上。馬斯雖然抱起她，但她已昏了過去。

「莉娜小姐！警、警官，這該怎麼辦……警官？」

馬斯請求上司的判斷，但葛里警官一副根本沒聽的樣子，凝視著巨響大作的鄰家。眼睛睜得大大的，甚至連眼角的小皺紋都不見了。

警官喊了聲「輪堂小姐」，用來取代回應部下的話語。

「是我多心了嗎？那個怪物，剛剛，看起來像是在哭……」

「因為他正在為存在理由而苦惱。嗯，這在年輕人之中十分常見。我以前也是那樣子。說是以前，也是約莫九百年前的事了。」

「存在理由……怪物，也有那種人類常見的煩惱嗎？」
「現、現在沒空說這個了啦。」
阿妮慌張地衝到鳥籠面前。
「真打先生這樣下去不會輸掉嗎？」
「我還真希望變成那樣。」
「不用擔心，那傢伙沒這麼簡單就輸掉。」
冷酷說道的靜句，還有輕鬆斷定的鴉夜。
「不論如何那傢伙也是怪物。」
「怪、怪物……確實他是有鬼的血統啦……」
「我不是說身體，是腦袋。人造人在人類的範圍內思考事物，但是津輕不一樣，那傢伙的思考是脫離人類的。人與非人戰鬥，獲勝的一定是後者。」
「……？」
破壞聲瞬間變大，這次從隔壁第二間房屋揚起厚厚的塵土。看來人造人的猛攻穿透鄰家，連隔壁都受到波及。
「我到現在都記得清清楚楚，我第一次見到他那時候的事情。」
鴉夜以彷彿從包廂座位觀賞無聊歌劇的態度望著眼前的一幕，同時斷斷續續地道來。
「他受雇於骯髒的雜耍場……」

＊

「對了，『殺鬼者』。」

「用藝名叫我實在誇大，拜託不要。我覺得有點害羞。」

「那麼，你的本名是什麼？」

「我叫真打津輕。」

「真打？」

明明像是暖場的毛頭小夥子卻叫做真打，你才誇大吧——一邊在靜句抱著的布包裡面晃動，輪堂鴉夜一邊這麼想。

從布的縫隙可以看見心情大好步行著的青髮男子，以及鴉雀無聲的貧民區街道。宛如屍體的月亮底下，毫無情調的、奇怪的夜晚散步道路。

「那好吧。那麼津輕。」

「有什麼事嗎？」

「我有件事情很在意，你變成半人半鬼之後一直待在那雜耍場嗎？」

「是呀。剛剛才辭職的。」

正確來說不是「辭職」而是「逃出」。津輕的雙手各拎著一個超大的破洞提包。和鴉夜的交易成立後，這個男人立刻收拾行李匆忙離開休息室。得知最受歡迎的藝人不見了，團長的表情本身想必就是精采好戲吧。

「在那裡一直用鬼的力量不停殺怪物嗎？」

「那個呀，日復一日。」

「你有感覺到混在體內的鬼的濃度還滿高的嗎？」

「因為是自己的身體。」

「愈是使用力量，愈有可能讓鬼吞沒身體失去理智……意思就是，壽命會逐漸縮短。這你本來就知道嗎？」

「當然知道。」

「那麼，為什麼？」

又聽到同樣的問題，津輕撇嘴。

「『為什麼』是什麼意思？」

「為什麼你要待在雜耍場？為什麼要持續使用力量？你那樣下去的話很快就會死了。」

沒錯。無法理解的地方在這裡。

鬼的細胞不論如何就是強悍。一旦混進同一個身體，便會蠶食共存的人類細胞。不久後人會因為和鬼完全同化，而失去身為人類的身心。

明明知道這一點，為何這個男人卻到方才為止都沒有離開那個劇團？

「一開始，我還以為是因為團長對你有恩或是藝人裡面有你的情人之類，讓你無法離開的原因。但是你現在卻這樣，跟趁夜逃跑沒兩樣地跟著我們走了。既然是可以這麼輕易斷絕的阻礙，為什麼不更早點斷絕？為什麼明知是自殺還要繼續表演？我不懂。」

「這還真是講道理的思考方式呢。」

「因為我是九百多歲的老年人，腦袋很古板。」

鴉夜一回嘴，津輕開心地微笑，臉轉向靜句。

「妳呀，伺候這種主人不辛苦嗎？」

「我每天都過得很充實。」

「妳也是個有趣的人呀。」

「喂，你別戲弄靜句……所以，是為什麼？」

「當然我也是有我的理由的。」

稍微壓低聲調，青髮男人說道。

「正如妳所言，繼續那樣待在雜耍場的話，我遲早會被鬼吞沒失去理智到處大鬧，最後被哪裡的憲兵開槍打死吧。不過那樣很好。因為那就是我期望的。」

「意思就是你想死嗎？」

明明講了一堆要是就這樣死去如何如何的話，結果還不是跟我一樣想自殺。唉，我們彼此都是這種身體也沒什麼好奇怪的——鴉夜這麼想。

但是津輕回答「不是的」。

「我的目的不是死亡。說起來我要是想死，跟妳不一樣，我只要上吊就好了。」

「那麼，你的目的是什麼？」

從縫隙看出去的背景變成了老舊欄杆，微微的流水聲也傳進耳裡。似乎是到了橋上。

一面「咚砰咚」有節奏地踩著木頭橋板，津輕一面說道：

「假如我因為力量使用過度遭鬼吞沒，那傢伙十之八九會在與怪物戰鬥的興奮狀態中出現吧。也就是正在表演的時候。那個時候在我周圍的，是來遠遠觀看『殺鬼者』，喜歡下賤粗俗噁心血淋淋的觀眾，還有以他們為營利對象低俗難耐的團長等人。所以被鬼吞沒的我最先攻擊的就是這群傢伙。不知該逃往何處的人們被打進慘叫的漩渦，鐵絲網和鐵門算不了什麼，說到在憲兵趕到城市近郊的小劇場區前我到底能殺多少人，大概不少於四十或五十吧，恐怕觀眾和團長都能全殺光。以觀看怪物之間的互相攻擊助興享樂，自以為只有自己在安全的地方袖手旁觀的傻子，將會嘗到和舞臺上同樣的地獄。如何？妳不覺得挺有趣的嗎？」

「……」

「當我知道自己沒多久可活的時候，就覺得反正都要死的話，那我想愉快地死，哪種死法才是最有趣的呢？最後我想到的就是這個。就稍微改革社會這方面的表演來說也是上等貨。所以我才故意讓團長收留我的。」

——被迫站在死亡深淵時，思考怎麼死才有趣，然後將一切賭在那「單次表演」上。

這和英雄般赴死的決心明顯不同，也脫離了隨處可見的復仇故事，該怎麼說呢，是太過消極的積極。簡直就是讓醉意消退的異想天開。

「我想在聚集到更多觀眾之前不能被吞沒，有時候澆自己冰水，不斷地敷衍蒙混過去……不過，妳說要幫我延續壽命，所以我也打消那個計畫了。幫了我大忙呢。」

就像是流過腳邊的河水，津輕輕快地道謝。那語氣絲毫沒有逃過一死而放心的感覺。

——奇怪的傢伙。

在布包裡隱藏聲音，鴉夜低語。

「對你來說，自己的性命也是開玩笑的題材嗎？」

「有趣地殺死怪物是我的表演。既然如此，那樣子殺死自己不是很合理嗎？」

搖搖晃晃地往前走了幾步的津輕轉動脖子往這邊看，青髮閃耀，彷彿是替故事作結，露出笑容。

「因為不論如何，我也是怪物嘛。」

＊

「那麼，真打先生是為了那荒唐的死法，所以一直待在雜耍場了？」

「就是那樣。」

鳥籠中的鴉夜點頭。

「我活了將近一千年，對世界上大部分的事都能一笑置之，就只有那個時候我臉部僵了。那傢伙說笑話讓人笑不出來的功夫完完全全是天下第一。腦袋怪怪的，不正經，瘋子，無藥可救的傻瓜。那種不能叫人類，要叫怪物。用不著跟鬼搞混，他天生就不是人。」

接二連三，措詞很過分。

剛剛所述的津輕的行動原理，確實難以理解且帶有妖怪的味道；但是就阿妮的眼睛看來，覺得斜眼看著不斷毀壞的鬼城還能開心地說出這些話的鴉夜自己，也是十足不正經的存在。

宛如紫色寶石的眼眸，和平常不同地閃閃發亮。那漾滿的光芒是對徒弟的深厚信賴的證據嗎，或者是其他的什麼——

「輪堂小姐，我有件事很在意。」

在旁邊聽著的警官，開口說道。

「什麼事？」

「遭到異形持續侵蝕的真打先生，妳說過要延長他的壽命吧？要怎麼延長？」

「哦，這件事呀。也沒有用什麼大不了的方法，只是定期讓他吃我身體的一部分而已。」

「身體的……一部分？」

面對嚇了一跳的葛里警官，鴉夜投以滿足的微笑。

「津輕也反問過我同樣的問題。」

＊

「對。身體的一部分。這樣你的性命就能得救。」

「怎麼回事？」

「不死的細胞，不愧是不死，總之就是抵抗力極強。如果你將其攝取進身體，體內作為基礎的人類的部分免疫力就會提高。最後，就能延緩鬼化的速度。」

「哦哦，原來如此……不論如何，就是要讓我吃吧。」

「我很明白你的感覺。我也沒半點讓你吃眼睛耳朵腦髓的打算。我會使用沒了也沒差的部分。」

「例如說？」

「最妥當的，就是日常分泌的體液之類的吧。眼淚、鼻水、汗水，或者是……」

＊

「唾液。」

這句話讓警官更加吃驚，阿妮也瞪大眼睛。

「咦，咦——那個也就是說……」

喀鏘！

就在阿妮想要繼續說下去的時候，路邊某戶住家的玄關壞了，津輕倒飛了出來。

不，這次應該是說被丟出來的。

津輕邊以鞋底煞車邊滑過石板上，還以為他會帥氣地停在阿妮等人面前，卻筋疲力盡般地突然倒地。青髮滿是塵土，臉上滴滴答答流著赤紅色的血。

「……」

「……」

「……輪堂小姐，剛才您說過『那傢伙沒這麼簡單就輸掉』吧。」

「我是說過。」

「現在不就輸掉了嗎！」

「好像是。」

「不是好像是吧！」

「好啦好啦。」

阿妮的焦慮依然沒傳達給鴉夜。保持自我步調的鴉夜，對津輕說：

「回來啦津輕。狀況如何？」

「這看起來是很好的樣子嗎？」

津輕起身盤腿坐著，將頭髮搓揉得亂糟糟的。傷害似乎沒有外表看來那般嚴重。擦拭額頭的血後，愁眉苦臉地面向剛才衝出來的那棟房子。

房子內部持續傳出彷彿整棟建築在漱口的嘈雜聲響，怪物好像還在大鬧。

「哎呀，我投降了。力氣巨大無比是一回事，但是對痛覺遲鈍就麻煩了。用腳掃倒他丟出去，他也是若無其事地站起來。雖然斷了他左手的肌腱，但也只是讓他動作變緩，沒有一丁點的效果。」

「意思就是又打又踢也擋不住他嗎？」

「說是擋不住他嗎，應該是他停不下來吧。要是不一口氣勒斷他的脖子的話……」

阿妮試著想像自己勒斷怪物脖子的樣子。攀爬上龐然身軀的肩膀，手繞住怪物的脖子將他的頭部固定在腋下。怪物根本不在意，反而用巨大的手掌抓住自己的頭，輕輕鬆鬆將人扒開——已經夠了，別再想了。

「勒得斷嗎？」鴉夜問。

「勝算有是有啦，但一個人挺難辦的。」

「真是個完全不成熟的沒用助手。」

愉快地吐氣後，鴉夜呼喊另一名隨從。

「靜句。」

「是。」

馳井靜句簡短回應，對阿妮說「暫時麻煩您了」，將鳥籠交給阿妮。單手拿起背上的武器，走到津輕面前。圍裙的下襬隨風搖曳。

「咦！靜句小姐要來幫我嗎？太好了！妳可是個強大靠山呀。」

「我只是因為有命令所以幫你。老實說，直到你死我都不想出面的。」

「妳、妳太冷淡了。而且無情……」

滋呼！

怪物從邊緣的房屋氣勢十足地現身，站到艾爾傑大道上。看來憤怒尚未冷卻。

阿妮緊緊將鳥籠抱在胸前。津輕脫掉大衣和手套，捲起袖子壓低身體擺好架式。靜句從圍裙的打結處安安靜靜地拔出像槍的武器。

「那麼，我該做什麼？」

「我會製造破綻，請靜句小姐輕輕往他右手手腕的接縫砍。剩下的由我來。」

只有剝開像是繃帶捲起的布條的前端部分，她握住長武器中間一帶，擺出前端向下的架式。

「我了解了。」

銀色刀刃的前端探出臉，反射月光，一閃露出冷酷的光輝。

牆壁、門板、人的身體，只要揮手就能輕易打碎。只要往上踢，就能毫無抗拒地輕輕飛走。由厚皮和硬質肌肉製造出來的身體不會受傷，即使受傷了也幾乎感覺不到疼痛。愈是大鬧愈是自覺到怪物和其他生物的不同，對不講理的創造感到憤怒，空虛感也更強化，為了想要否定那種感覺再度大鬧。

停止破壞陌生的空屋，粗暴地使勁扭曲不合尺寸的門框後走到外面。

月光底下看到自己的身體，果然有種粗暴且非常詭異的感覺。所謂的詭異，就是違反倫理。凡・斯隆的話語浮現腦海。怪物心想「那好吧」。既然說是違反，那就照那樣破壞吧。破壞一切，直到心情平靜……

突然回神，發現前方擋著一組男女。

變成吊帶褲配襯衫的輕裝青髮男人，以及拿著長武器的女僕模樣的女人。

「有夠大的呀，就跟相撲力士一樣。」

小聲含糊地說了些什麼後，津輕採取幾乎要貼到地面的低姿勢，全速往這邊衝來。

怪物拿起倒在腳邊的厚重門板，沒有高舉手臂的準備動作就直接投擲出去——沒中。門板撞到石板破碎四散。津輕一邊左右移動一邊接近。

儘管打出右拳，也被輕快的腳步閃開。再度被輕津鑽進胸口。在極近距離四目相交，心想「他想做什麼？」的下一秒。

啪嘰！

眼前彈出聲音。

怎、怎麼了？怪物忍不住閉上眼睛。他無從得知這在日本稱為「騙貓」，是非常陳腐的奇襲戰術。

接下來往前推出的右手手腕傳來冰冷的感覺。睜開眼睛，看見面無表情的女僕橫越過去。武器的前端附著了紫色的血。手腕的肌肉似乎在一瞬間被削掉。

但是傷口很淺。和肌腱被切斷的左手不同，右手還能動。

心想「妳這個——」，收回手臂想往女僕的方向伸出時。

同樣地重心放在右手，眼前再度變暗。這次不是因為閉眼，而是津輕以使用怪物的粗胳臂的三角跳，覆蓋頭部造成的。是想勒住脖子嗎？

怪物將伸出的右手繞到脖頸。津輕驚險閃過，往前方著地，踩著瞧不起人般的腳步往後退。

「可惡……」

慌慌張張！

但是對方拉開距離的方式太單純。怪物在與津輕的一來一往中，學到了自己伸出手的長度。還在攻擊範圍內，只要伸手就打得到。

肩膀使力，打算將津輕打飛到大道邊緣，再度狠狠打出右拳——

隨即，意識模糊。

11

「為了一口氣勒昏這個巨大身軀，有兩個必要的條件。意料之外的強大力氣，還有勒脖子用的繩子。非常剛好，兩者怪物老弟本身都具備了。這麼好的機會我可不能放過，就心存感激拿來用了。」

從重新穿上大衣的津輕背後，阿妮戰戰兢兢地偷看倒地的人造人。雖然看起來像是他在出拳的同時毫無徵兆昏過去，但原因一目了然。

從留在右手手腕的傷，連接胳臂的縫合用線伸展出來，在怪物粗粗的脖子上繞了一圈。

津輕製造破綻，靜句劃開右手的接合處。津輕從那裡拉出線——阿妮想起白天怪物撕開自己腹部時，縫合線長得不得了的事情——將線繞在怪物脖子上，接著向後跳開。

怪物當然會想攻擊津輕，但左手脫臼動不了，這時就會使勁伸長以線和脖子連在一起的右手。

用足以破壞一切的巨大力氣，伸長攻擊範圍大的右手。

「完完全全，是自己勒住自己的脖子。」

胸前抱著的鳥籠裡，鴉夜低語。

「就是這樣。一般來說，在手伸到極限之前應該就會發現不對勁，但怪物老弟不論如何就是對痛覺遲鈍。」

「原來如此……不過，騙貓那招太令人失望了。那種東西竟然行得通。」

「怪物老弟才出生一天呀。我想他應該還不習慣這種奇襲吧。」

「我很不滿。」

一旁，重新將刀刃捲上布條的靜句說道。

「我的『太刀影』竟然用在如此愚蠢的戰術……」

「既然如此，一開始就由靜句小姐一個人去殺應該比較好吧！」

「沒錯。是去殺你的話。」

「為什麼要殺我啦！」

「這個怪物……死了嗎？」

在阿妮更後面的地方，葛里警官謹慎地詢問。津輕回應「沒有」。

「雖然斷頭是比較好，但看樣子沒有順利到那個地步。」

彷彿是對這話語有反應，怪物的眼皮動了一下。

嘴脣流出呻吟，東拼西湊的臉皺著。頭轉向這邊的同時，眼睛微微睜開。

「啊，啊哇哇哇哇……」

「冷靜點。」

鴉夜止住差點陷入恐慌的阿妮。

「他已經沒有鬥志了。」

——確實，充血的憤怒看來已經從他的雙眼中消退。

怪物突然起身。動了動右手，發現繞在脖子上的線，自己拿開。

「怪物老弟，你感覺如何？」

「糟透了。」

「那真是好極了。」

回以不相稱答案的鴉夜。

怪物看著手腕垂下的線，似乎推測出自己為什麼昏倒，「呼」地吐了口長長的氣，然後對津輕說道：

「你說過，出生是沒有意義的對吧？」

「嗯。」

「為什麼？」

「就你的立場來說死了才是無意義。既然如此，就跟打從一開始就沒有一樣。」

「無意義嗎？」

咀嚼著這乾燥無味的詞彙，怪物仰望浮現月亮的天空。阿妮確實從那映照出來的側臉上，看見深謀遠慮的科學家的影子。

怪物站了起來。看來幾乎沒有受到什麼傷害。轉身背對偵探等人，不發一語邁開腳步。

「你想去哪裡？怪物老弟。」

「我不知道……可是，我已經不想待在這裡。」

怪物轉動脖子，望著自己破壞的鬼城房屋。

「看樣子，我應該是不要誕生比較好。我要離開城鎮，尋找某個地方等死。」

「等等！」

傳來類似慘叫的聲音。阿妮回過頭去，看見莉娜站了起來。無視馬斯想要壓制她而呼喊著：

「你別走，你不能走！你的誕生確實有意義。你可以待在這裡！跟我在一起……」

「夠了，不用勉強了。」

彷彿告誡，怪物打斷了莉娜的話語。

「妳雖然是我唯一的同伴，內心深處卻是害怕我。我一直感覺到這一點。」

阿妮的腦海中，浮現好幾個情景。

得知怪物說話的時候，摀住嘴巴的莉娜。要讓怪物冷靜下來的時候，謹慎地撫摸怪物背部的莉娜。縫合腹部的時候，聽到怪物對自己說話而硬擠出笑容的莉娜。對著想要阻止警方逮捕的怪物大喊「不要過來！」的莉娜──

「不、不是的。我沒那個意思……」

「我很感謝妳替我縫好肚子。託妳的福，我也能吃冰淇淋。」

怪物打算重新面向前方。莉娜更加慌張，試圖挽留。

「別、別走！等等！等……」

「妳看，這就是證據。」

「咦？」

「妳不喊我的名字──因為妳沒替我取名字。」

怪物冷酷地這麼說。這是訣別的話語。轉身背對茫然的母親，他再次開始前進。

直到那龐大身軀完全融入夜晚的黑暗，怪物都不曾回頭。

12

「哎呀呀，真是刺激的一天。」

將禮帽丟到辦公桌上，手杖立在旁邊放好，葛里警官深深地坐進椅子。鬆開領口的領結，摸了摸從緊繃得到解放的迷人雙下巴。

警署內的私人房間雖然狹小，奇妙的個性卻隨處大放光芒。文件架一絲不苟仔細分類到病態的地步，另一方面，牆上的板子則是搜查資料中混雜貼著老舊的大全張郵票與孩童用的世界地圖。辦公桌的邊緣排列著好幾個南瓜形狀的擺飾，煤氣燈的光亮照在上面，宛如不合季節的萬聖節。

「還合各位的胃口嗎？」

警官詢問阿妮等人。坐在凳子上品嘗熱可可香氣逼人甜味的阿妮，老實地回答：「真好喝！」和吃冰淇淋的時候一樣，在水桶上由徒弟和女僕扶著的鴉夜也將嘴離開馬克杯。

「至高無上。甚至讓我想立刻雀躍。」

「師父應該無法雀躍吧。」

「……非常美好。甚至讓我想要就這樣溺死在巧克力裡。」

「師父應該溺水也不會死吧。」

「……好喝。」

結果，是和阿妮同樣的感想。

「不過，感覺不太好意思。連我也承蒙招待……」

阿妮客氣地說，警官馬上搖頭，和藹地回應「別這麼說」。

「沒關係的。經歷那樣的案子也累了吧。而且，我很高興能讓遠道而來的記者朋友品嘗這個城鎮的名產。如果妳也能在報導中傳達這美味給巴黎的人們就太令人感激了。請不要有所保留，盡量詳細描述。就是呢，例如說，詳細到沒有位置書寫案情相關的部分。」

啊，原來是這樣呀。

特意邀請無關的記者到警署內熱情款待，似乎是有叮囑「別將比利時警察的出醜寫進報導」的意圖。阿妮在內心中對葛里警官的考慮周全讚嘆不已。果然不只是個普通的矮小男人。

「但是，這次的案子是個很好的教訓。」

一邊主動傾斜散發著熱氣的馬克杯，警官一邊說道。

「我學到怪物也有人類般的心理狀態，或是人類有時也會有怪物般的心理狀態。我的灰色腦細胞，看來還有成長的空間。」

「沒問題的啦警官。您的人生現在才要開始。」

「現在才要開始？我已經快五十歲啦。」

「我的歲數超過九百六十了。」

「哦，是這樣呀。那麼我也要向前積極思考了。」

警官笑著，尷尬地抓了抓頭。

阿妮喝下最後一口熱巧克力。姑且不論背後的意思，飲料的溫暖是真實的，甜味在喉嚨擴散。直到兩小時之前還被捲入鬼城的毀滅之中這件事，宛如一場夢。

「結果，人造人到哪裡去了呢。」

自言自語，不經意地脫口而出。

在那之後，趕來的警察們封鎖了艾爾傑大道，莉娜因為案情訊問再度被帶走，但葛里警官並未去追怪物的下落。說起來就算想去追捕他，也沒有任何能拘束他的方法。

「天曉得。」鴉夜說道。「總之，看樣子他是平安成功脫離母親了，應該會走出屬於他自己的人生吧。就是所謂的幼年期的終結吧。」

「他說要去找等死的地方。」

「那麼他會在某個地方隨自己的意思死去吧。那也是人生。不論如何，應該是不會再度見到怪物老弟——警官！警官！請等一下！」

中斷飄然的口吻，鴉夜突然大喊。

津輕、靜句和阿妮還有被喊的警官，所有人同時望向鳥籠。

「怎、怎麼了嗎？」

「那支手杖……手杖的印記！」

「手杖？」

像是覺得掃興，警官看了一眼靠在辦公桌邊的手杖。

可能是因為警官一直握著的緣故，手杖的前端裝了突出如喙子的握把。看樣子是石頭加工過的，邊緣刻有「P」的金色印記。

「哦，這根手杖呀。您真是有眼光，這是小橡樹製的高級品喔。我有朋友在英國，他向倫敦的老店訂製送給我的。這個印記是我的姓氏……」

「一樣。」

「咦？」

「字體顏色大小，全都和那傢伙的手杖的印記一樣……」

「什麼！」

這次反應過度的是津輕與靜句。津輕用力拿起鳥籠，兩人的臉湊上前去。

「鴉夜小姐，您說的那傢伙……」

「難不成就是那個老頭子？」

「對，就是那個老頭子。」

「哪個老頭子？」

自己也開始步入老年的警官皺起眉頭。鴉夜一臉嚴肅地說：

「就是我們正在找的白痴。警官，您剛說是倫敦的老店吧？」

「嗯，是呀。聽說是在倫敦東區的隱藏名店。我記得店名好像是叫做『愛德華・鴻』還是什麼的……」

「倫敦……」

偵探們在找的男人——奪走津輕一半的身體，還有鴉夜脖子以下所有部分的男人。那個男人的手杖上刻有的印記，和警官手杖上的印記是同樣的字體。也就是說，那個男人也是在倫敦的同一家店製作手杖嗎？

警官說那間是「隱藏的名店」。既然知道那間店，就表示目標男人對倫敦熟門熟路。意即，以倫敦為根據地的可能極高——吧？

正當阿妮動腦筋推測時，另一方面鴉夜只是不發一語，凝視著掛在牆上的世界地圖的中心。經度零度的粗線通過的那個都市。彷彿看透了擠在約莫豆子大小的那個點之中的大笨鐘、倫敦塔橋或倫敦塔。

「警官！警官！」

這時，一面發出和方才的鴉夜類似的聲音，一面開門的馬斯闖了進來。一副不在意還有外人在休息的模樣，直接衝向辦公桌邊。

「怎麼了馬斯？慌慌張張的。」

「我調查了珀里斯·克萊夫的來歷，發現有點奇怪的事情……」

馬斯將幾張文件在桌上散開。

「珀里斯不知在哪裡出生，好像用過好幾個假名。克萊夫這個姓氏也是假的。到布魯塞爾來之前，他在安特衛普用的是提西格這個名字。在那之前他在荷蘭叫做羅斯本，更早以前是哈德維克……不過，令人在意的是出現在最早的紀錄裡的名字。」

翻動證明文件或居住紀錄之類的，將格外古老的一張交給上司。

葛里警官稍微瀏覽，念出紀錄其上的名字。

「珀里斯……珀里斯‧弗蘭肯斯坦。」

幾秒鐘的時間，每個人都說不出話來。只有煤氣燈裡火焰搖曳的聲音變得特別大，籠罩房間。

「這是怎麼一回事呢。」

津輕疑惑地歪著頭。

「難道珀里斯‧克萊夫博士是弗蘭肯斯坦的後裔？」

「可、可是，這是不可能的呀！」阿妮說。「因為，弗蘭肯斯坦那個家族已經被怪物消滅了，弗蘭肯斯坦自己也被殺了吧？後裔活了下來這回事……」

「不，也許出乎意料是真的。」

恢復冷靜的鴉夜說道。

「弗蘭肯斯坦，不是有一個活下來的兒子嗎？就是他製造出來的人造人呀。」

——人造人。

弗蘭肯斯坦的怪物追著創造主到天涯海角，在前往北極的途中終於殺害了創造主。

後來，怪物消失在北極的大海中，生死或消息都不明不白。

「克萊夫博士持有的弗蘭肯斯坦手記，據說本來是怪物從弗蘭肯斯坦那邊帶走的。看樣子是怪物逃離創造主身邊後，運用手記累積了知識。」

應當被怪物帶走的東西，在珀里斯‧克萊夫手上。

這麼說起來，莉娜說過：「他的人造人除了體格外，其餘應該是和普通人類一樣」。假如也和人類一樣具備生殖能力的話。

「弗蘭肯斯坦的怪物存、存活下來，在某個地方生下孩子，那個孩子又生下孩子……」

一個世紀後，那後裔製造出新的人造人——不對，不只是製造而已，而是以新的人造人重生，這樣一來——

「真好笑。」

鳥籠中的少女彷彿嘆息，吐出一句不合宜的話語。

「這個真的是，天大的笑劇。」

13

怪物獨自走在朝霞渲染的丘陵地帶上。

風一吹，草木沙沙作響，送來與黎明相配的露水香氣。從山邊露臉的朝日匍匐過大地，草地的綠色變成金黃。

但是怪物沒有對這景色感動，也沒有停下腳步。只有「想去遠方」這個空虛的念頭驅動著他的雙腳。

夜間雖沒注意到，但看到天空從右側開始泛白後，明白自己似乎正在往北走。北方有什麼呢？怪物從殘留在深層意識底下的珀里斯・克萊夫的知識，慢慢拉出顯眼資訊。比利時以北……荷蘭，北海，斯堪地那維亞，挪威海……然後是北極。

據說弗蘭肯斯坦製造出來的怪物消失在北極的海裡。那麼自己也以那裡為目標吧，怪物模糊地這麼想著。如果是冰海就不會影響到任何人，能不被人發現地安靜死去。以距離來說超過四千公里。雖是遙遠的地方，但幸好這身體不會感到疲憊與疼痛。時間也多得很——

「你，先等一下。」

有個沙啞聲音喊住怪物。

轉向旁邊，看見平緩的山丘上停了一輛廂型馬車。

塗黑的車體，前後的車輪邊緣鑲金。拉車的馬匹毛色完美，是輛和這連一戶住家也沒有的丘陵地帶完全不搭調的高級馬車。馬車前面背對朝陽，三個人影長長地延伸出去。

撐陽傘的女人，坐在椅子上的老人。老人背後是一名管家模樣、站得直挺挺的紅髮男人。

儘管可以拿定主意無視對方，還是覺得以行事過度這個層面來說是非常奇妙的組合。而且他們散發出來的，那種彷彿只有他們附近始終是夜晚的氣氛，也吸引了怪物的注意。

離開道路，緩緩爬上丘陵。

「聽說珀里斯・克萊夫製造出人造人，所以我來瞧瞧……這種程度，竟然敢稱為『終極的生物』，開玩笑也該知所分寸。」

望著逐漸接近的怪物身影，老人不怎麼感興趣地說。

黑色緞面禮帽還有長大衣。非常消瘦又駝背的身體，凹陷的不祥雙眼。擱著雙手的純黑拐杖插進地面。

「真的有夠醜，令人懷疑製造者的品味。」

老人身邊，撐陽傘的女人煩膩地搖頭。深褐色長髮閃耀，穿著浮現身體曲線的緊身禮服。純白肌膚，五官怎麼看都是十八歲左右，不過那望向這邊的眼神，有一種遠離人世的淫蕩神祕感。宛若，輪堂鴉夜。

「既然要造人，做個更可愛的女孩子明明比較好。」

「我很愛醜的呢。這個不是顯然頗有感覺嗎？有怪物的風格。」

另一個男人突然從駕駛座探頭出來。是個髮長及肩的英俊年輕人，下巴前端留著短短的山羊鬍。

「我說，你不這麼想嗎？」

「也是有這種想法就是了。」

被這麼一問，紅髮男人回答了這句話。他看來年紀也並不大，身穿領子是胭脂色的背心，雙手放在背後——

等等。

這傢伙怎麼回事。

一將視線停在那男人身上，怪物立刻往後退一步。

壓迫？恐懼？超然？感受到不曾體驗過的混沌殺氣。不知該怎麼形容，也不知道是什麼讓人這麼想。唯一能說的，只有即使從怪物的眼睛看來，那個男人也有某種異常。

燃燒般的紅色捲髮長到眼睛，五官不清楚。但是右邊的臉頰上，有一條像是血淚流過的線流暢地經過。和真打津輕非常相似的紅色直線。

外表看來是非常普通的人類。比起自己的巨大身軀小得非常多，明顯地細瘦，毫無疑問地脆弱。但是怪物的本能，原本身為科學家的冷靜判斷力，在腦海中死命撞著警鐘。如果受到這個男人攻擊，只要短短幾秒鐘內就會皮開肉綻骨頭粉碎，回歸為沉默的屍體。這是確信的。

怪物察覺到自己的手在冒汗，然後思考。

我現在，是在怕死嗎？

明明正在尋找等死的地方，卻在怕死——

「不過呀，性能本身看來並沒有那麼差。」

老人再度開口。

「胳臂和手腕好像受傷了，晚點治好應該就沒問題。順便把臉和骨骼也改造成再稍微順眼好看一些吧。畢竟這模樣要在都市區到處活動，稍微引人注意。」

「你在說什麼？」

「我在說，你要不要加入我們。」

他緊閉的雙脣，扭曲地微笑。

「你無處可去，也無處可活。儘管你憂慮活著這回事，深感世界的蠻橫無理，但還沒有絕望到渴求死亡。歸根究柢，你的煩惱本質只有一個，那就是『孤獨』。」

「……」

「我非常了解你的心情。我以前也曾經孤獨。以為不需要同伴，只要有自己的腦袋就什麼都做得到……但是，自從我被某個男人從瀑布推下後，想法就變了。」

老人用骨瘦如柴的手撫摸右腳。

「獨自一人的組織有極限，我需要同伴。不是單純的手下，是能夠信賴的少數精銳的部下。就像是絕對不會斷不會變形，磨得像銳利刀刃一般的同志。擁有怪物等級的強悍的同伴是不可或缺的……例如，像你這樣的。」

T字形的拐杖握把朝向怪物。看得見前端的刻有金色的裝飾文字「M」。

「我會給孤獨的你歸屬之地與朋友。過來吧，維克多。」

「維克多？」

「這是你的名字。你已經不是無名的人造人，從今天開始你就是維克多。」

——名字。

弗蘭肯斯坦的怪物也無法擁有的名字。莉娜、警方還有偵探他們都沒有給我的，我的名字。

維克多。

「你們叫什麼名字？該怎麼稱呼才好？」

接受邀約後，怪物——維克多問道。

「卡蜜拉。」

撐陽傘的女人回答。

「阿萊斯特。」

駕駛座的男人輕快地報上名字。

「傑克。」

依然維持著端正的姿勢，紅髮男人開口。

最後維克多的視線回到老人身上，老人拄著拐杖起身，像是要握手一般伸出手。

「你就稱我為『教授』吧。」

〈?〉

日　語

逆思流

Undead Girl・Murder Farce (1) 鳥籠偵探

（原名：アンデッドガール・マーダーファルス１）

作者／青崎有吾　封面插圖／大暮維人　譯者／曾玲玲
發行人／黃鎮隆　副總經理／陳君平
副理／洪琇菁　國際版權／黃令歡
執行編輯／呂尚燁　美術主編／陳聖義
企劃宣傳／邱小祐
發行／英屬蓋曼群島商家庭傳媒股份有限公司城邦分公司　尖端出版
台北市中山區民生東路二段一四一號十樓
電話：（〇二）二五〇〇—七六〇〇（代表號）
傳真：（〇二）二五〇〇—一九七九
中彰投以北經銷(含宜花東)／楨彥有限公司
電話：（〇二）八九一九—三三六九
傳真：（〇二）八九一四—五五二四
雲嘉經銷／威信圖書有限公司　嘉義公司
電話：（〇五）二三三—三八五二
傳真：（〇五）二三三—三八六三
客服專線：〇八〇〇—〇二八—〇二八
南部經銷／威信圖書有限公司　高雄公司
電話：（〇七）三七三—〇〇七九
傳真：（〇七）三七三—〇〇八七
香港總經銷／城邦（香港）出版集團有限公司
香港灣仔駱克道193號東超商業中心1樓
電話：（八五二）二五〇八—六二三一
傳真：（八五二）二五七八—九三三七
E-mail：hkcite@biznetvigator.com
馬新經銷／城邦（馬新）出版集團　Cite(M)Sdn.Bhd.
E-mail：Cite@cite.com.my
法律顧問／王子文律師　元禾法律事務所
台北市羅斯福路三段三十七號十五樓
二〇二〇年十一月一版一刷

■中文版■

國家圖書館出版品預行編目資料

Undead Girl. Murder Farce. 1, 鳥籠使者 /
青崎有吾 著 ; 曾玲玲譯 . --初版.
--臺北市：尖端出版, 2020.11
面 ; 公分. --(逆思流)
譯自: アンデッドガール. マーダーファルス. 1
ISBN 978-957-10-9226-3(平裝)

861.57　　　　109003263